中公文庫

そして誰もいなくなる

今邑　彩

中央公論新社

目次

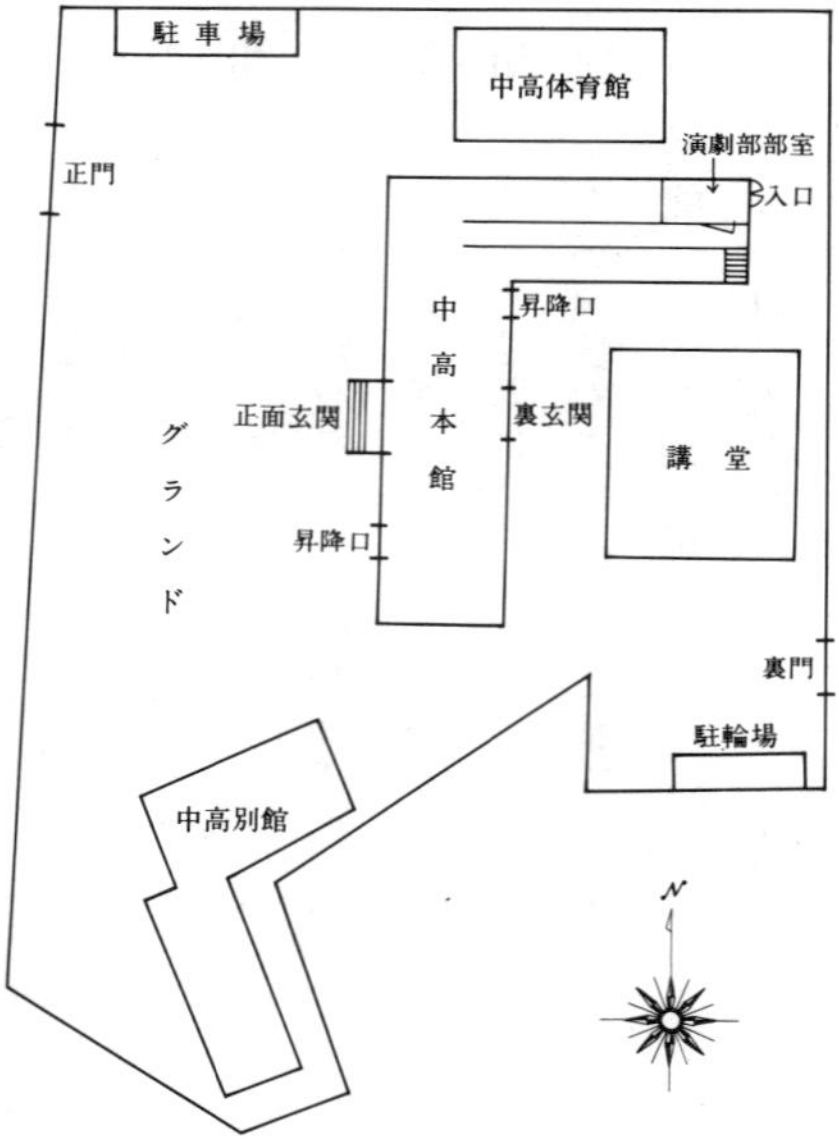

※式典は講堂で行ないます。
※演劇部部室は、当日、舞台控室となります
ので部外者の立入りはご遠慮下さい。

七　夕　祭

天川学園開校百周年記念式典プログラム
7月5日（日）　於：講堂

午前の部
10：30〜12：00
特別講演
「これからの女性の生き方」
A大学助教授　松木憲一郎

午後の部
13：00〜15：00
演劇部発表
「そして誰もいなくなった」
CAST

ウォーグレイヴ元判事…………江島小雪
ヴェラ・クレイソン……………佐野圭子
ロンバード陸軍大尉……………砂川睦月
エミリー・ブレント……………浅岡和子
マカーサー退役将軍…………佐久間みさ
アームストロング医師…………球磨光代
アンソニー・マーストン……西田エリカ
ブロア警部………………………望月瑞穂
ロジャース………………………川合利恵
ロジャース夫人…………………松木晴美

原作：アガサ・クリスティ（訳：清水俊二）
脚本・演出：英語教師　向坂典子

主催：生徒会七夕祭実行委員会
後援：天川学園PTA

挿画　北見　隆

そして誰もいなくなる

I

一人が喉をつまらせて

1

本館校舎の屋上に出ると、江島小雪《えじまこゆき》は大きく伸びをした。見上げれば抜けるような七月の青空。見下ろせば、まだ眠りから覚めきらぬ都心の街並みが広がる。

大塚の高台に位置するこの学園の屋上からは、よく晴れた日には、ビル群の遥か彼方に、つかの間の幻のように富士の姿が浮かび上がった。

日曜日の朝ってこんな風なんだ。

ビルの間に挟まっている古い造りの民家の二階にはためく洗濯物の波を見下ろしながら、小雪は大発見でもしたように呟《つぶや》いた。

この学校に籍を置いて二年半になるが、休日に校舎の屋上にのぼったのは初めてだった。

七月五日。日曜なのに、こうして学校の屋上にいるのは、今日は、明治時代からの伝統を誇る名門女子校、この天川学園《てんかわがくえん》の開校百年記念を祝う七夕祭《たなばた》が催されるからである。

学祖、天川芳野女史の名にちなんで、天川とは天の川、すなわち七夕にゆかりがあるということで、秋に予定されている本格的な記念式典に先だって、夏の七夕祭が生徒会によって企画されたわけである。

午前中は、A大学の助教授で新進評論家の松木憲一郎を招いての講演会、午後は高等部の演劇部による、アガサ・クリスティの『そして誰もいなくなった』が上演されることになっていた。

小雪は高校三年。演劇部に所属している。午後の芝居に向けての発声練習をするために、早めに登校して、校舎の屋上にのぼっていたのである。

しばらく声を出したあとで、紺サージのスカートのポケットに忍ばせてきたサムタイムを取り出し、ぎこちない手付きで一本口にくわえた。

たぶん喫《す》いたくなるだろうと思って、昨夜、自転車を飛ばして近くの自販機で買っておいたものだ。

風を手でよけながら百円ライターで火をつけると、手擦《てす》りにもたれかかって煙りを吐いた。喫うというより吹かすという方が当たっている。煙りを肺までは送らない。ただ、口の中に含んで吐き出すのである。それでも、二、三回繰り返していれば、胸のドキドキを鎮めることができる。

口のなかにメンソールの香りが広がった。

もう二くちくらい吹かしたら捨てようと思っていた矢先、屋上のドアがいきなり開いて、鮮やかなレモン色が目に飛び込んできた。

向坂典子《こうさかのりこ》だった。

典子は昨年大学を卒業したばかりの、新米の英語教師で、演劇部の顧問である。ほっそりとした身体にレモン色のスーツがよく似合っている。

現れたのが向坂典子だったことに少しほっとしながらも、小雪は慌てて喫いかけを足元に落として上履きで踏み付けた。

「見たぞ」

向坂典子は笑いを目許に滲《にじ》ませて、胸もとの白いボウを風になびかせながら、近付いてくると、すっと片手を差し出した。

「きみみたいな優等生でもこういうことするんだね」

　小雪はスカートのポケットにもぞもぞと手を入れて、封を切ったばかりの煙草を取り出すと、恨めしそうな顔で典子の手に渡した。

「ライターも」

「常習ってわけじゃありませんよ」

「わかってる。常習だったら、こんな不細工な封の切り方しないもんね」

　渡された煙草のパッケージを見ながら典子は噴き出した。

「ふつう、片側だけ開けるものだよ。キャラメルじゃあるまいし」

　そう言いながら、小雪よりもずっと慣れた手付きで、パッケージから一本取り出してくわえ、火をつけると、煙草もライターも返してよこした。

「あれ。没収じゃないんですか」

「一本、貰っただけ」

　ふふと笑った。

「なんだ。慌てて消して損しちゃった」

「でも気を付けないと駄目だよ。川口あたりに見付かったら停学くらうよ。あのバーコードおやじ、それだけが楽しみで生きてるんだから」

川口というのは、生活指導の古参教師のことである。向坂典子はここの卒業生でもあった。

「はい。気を付けます」

小雪は殊勝な顔でそう答えて、返して貰ったサムタイムをまたスカートのポケットに収めた。

「懐かしいな。あたしもここでよく煙草喫ったっけ。みんな、トイレなんかで隠れて喫うんだよね。あれ、いじましい感じがして嫌いだった。どうせやるならコソコソしないで青空の下。そう思わない?」

典子は手擦りにもたれ、ふうっと煙りを空に向けて盛大に吐き出してから、横目で小雪を見た。

シニョンにした髪がほつれて、陶器のような白い頬に影を落とす。小雪は、そんな典子の横顔を奇麗だなと思った。

「同感です」

「なんだか似てるね。あたしたち」

「そうですか」

「あなた、見てると、昔の自分を思い出す」

「先生も演劇部の部長してたんですってね。一年のとき、こういう凄い先輩がいたんだよって、武勇伝、三年の人から聞いたことあります」

「ろくな噂じゃないでしょう」

「それはご想像におまかせします」

「川口なんかさ、あたしが教師として舞い戻ってきたもんだから、もう泡くってやがんの」

「ははは。そんな感じ」

「まさかきみが教師になるとは思わなかったって。こっちだってなりたくてなったわけじゃないよ」

「何になりたかったんですか」

「シナリオ書き」

「ああわかるな。え、でも、どうしてならなかったんですか。今度のオリジナル台本、とても良かったですよ。テーマはっきりしてるし。あれだったら、プロとしてやってけると思うけどな、あたし」

「コンテストの審査員はそうは思わなかったみたい」

典子は渋い顔をして吸いさしをポトンと落とすと、足首の締まったほっそりとした足で揉み消した。

「あちこちのコンテストに応募したんだけどさ、結局振られちゃった。企業も受けたんだけど、どこもこれ」

そう言って、しかめっつらで両手をウルトラマンのように交差してみせた。

「それで、しかたなく教師になった？」

「ピンポーン。デモシカの極みだね。軽蔑《けいべつ》する？」

「全然。いいですよ、デモシカで。教育一筋の熱血教師なんて気持ち悪くて。あたしはデモシカの方が好きです」

「けっこう言いますね、小雪さんも」

典子は感心したように小雪の顔を覗きこんだ。ほのかなムスクの香りがする。

「もっと穏健な子かと思った」

「性格、きついですよ」

「いよいよ似てるな、あたしたち。あたしも黙って座ってれば、大和なでしこの典型みたいだってよく言われるんだ。クソクラエって感じだけど」

「似てるっていえば、あたしもA大受けようかなって思ってるんですよ」

「ここの短大には行かないの？」

「行きません。女子校って、ぬるま湯に浸かってるみたいで、あたしの性に合いません。何もしないうちに体の芯から腐っていきそうで。もううんざりです」

「わかる、わかる。あたしもそう思って、あえてA大受けたんだ」

「もう三年で沢山って感じ」

「三年って、あなた、中等部からじゃないの」

天川学園は、中等部から短大までのエスカレーター式である。中学から入ってきてそのまま短大まで行くケースが七割を占めている。

短大の校舎はここから少し離れた別の敷地にあった。

「違います。中学は横浜でした。あたし、横浜生まれですから」

「あらそうなの。ハマッコか。どうりで」

「どうりでって？」

「どことなくエキゾチックな雰囲気がするもの、あなた。ハーフってほどじゃないけど、外国人の血が混ざってるんじゃないかって感じがしてた。横浜なら港町だから、その可能性、あるじゃない」

「当たりです。父がたの曾祖父がフランスの人だったらしいんです。コックさん。あたしが生まれる前に死んじゃったんですけど」

「フランス人の血が入ってるのか。すてきだね」

「たった八分の一ですよ」

「そういえば、あなたのこと最初に見たとき、哀しみのジュモウっていう人形を思い出したっけ」

「なんですかそれ？」

「ジュモウというフランスの人形師がなくなった娘の面影を刻んだビスクドールのこと。ロングフェイス・ジュモウとも呼ばれてるんだけど。ちょっと面長で、大人とも子供ともつかない不思議な顔立ちをしてるのよ。大人と子供の間を永遠にさまよう少女の顔とでもいうか。あなたはそれに似てる」

「それってほめてるんですか」

「もちろん、おおほめ。で、なんで東京に来たの？」

「中学のときに両親が離婚して、その関係で、母がたの祖父母と暮らすことになったんです。商社勤めの父は、今ニューヨークにいて、母は再婚して博多で暮らしてます」

俯《うつむ》いて足元を見る小雪の白い顔が僅かに曇った。

「そうだったの。それは知らなかった」

「祖母がここの卒業生だったんですよ。あたしはあんまり女子校って気がすすまなかったんだけれど、半ば強引に入学させられちゃった。でももう我慢の限界です。祖父母は苦労しないで短大へ行くことを願っているようだけど」

「A大受けること、あたしは賛成だな。女子校って金魚鉢みたいなものなんだよね。ちっちゃなちっちゃな金魚鉢でチョコマカ泳いでいるキントトなんだよ、あたしたちは」

「さしずめデメキンかフナ」

「短大へ行っても似たようなものじゃないかな。その点、A大なら、オトコもいるし、少しは世間が広がるかもしれないね」

「金魚鉢から水槽に入れられたくらいには？」

「言いますねえ」

典子は苦笑した。

「そうだ。A大っていえば、今日、講演に呼んだ松木助教授の講義、受けたことありますか」

「松木サン？　あるわよ」

苦笑が皮肉っぽい微笑に変わった。

「教職とるには、青少年の心理学ってやつは必修だったから」

「どうでした？」

「どうって？」

「その頃から女子学生に人気あったんですか、あのセンセイ。今、凄いでしょ、若い女性の間で」

「どうかな。あの頃はそうでもなかったんじゃない。なんか、いかにも男やもめって感じの泥臭いおっさんだったから」

「え。そうなんですか。今はそんな風に見えないけど。みんな、ダンディとかナイスミドルとか騒いでますよ」

「あれはテレビが変えたのよ。人気が出てから、ヘアメイクとかスタイリストとかついたんじゃない。前はあんなにセンス良くなかったよ。ネクタイなんか、だっさいの、何日も変えなかったし。この人、死ぬときもこのネクタイしてるんじゃないかって思ったくらい。それが今やベストドレッサーの候補だもんね。世の中わからない。あのセンセイ見てると、マスメディアの恐ろしさってもんを、つくづくと思い知らされるね」

「そういえば、テレビに出はじめた頃は、もっと朴訥《ぼくとつ》な感じでしたよね。東北訛《なま》りなんかきつかったし、早口になると、ボ、ボ、ボクはなんて吃《ども》ったりして。ボクラは少年探偵団なんて、歌い出すのかと思った」

典子は身を折り曲げて笑った。

「興奮すると、あのセンセイ、吃るのよね」

「でもあそこが視聴者に受けたんじゃないかな。東北訛りとか、吃るとことか。知性と素朴さが同居しているようなところが、親しみやすいインテリって感じで」

「そうかもね。ああいうタイプ、好き？」

典子はからかうような目付きで小雪を見た。

「ブラウン管で見る限りは好感、もてますね。でも、あの松木晴美の父親かと思うとげっそりしますけど」

小雪はそう言って苦笑した。

「同感だね」

典子は冷やかな笑い声をたてた。

「ああいうのを紺屋《こうや》の白袴《しろばかま》っていうのかな。灯台もと暗しというべきか。青少年の心理が専門なら、とりあえず、自分の娘の心理を読んでしっかり育てろって言いたくなるよね。まったく、あの晴美クンには悩まされましたよ」

「あの演技力で、ヴェラ・クレイソン役やりたがるんですものね。いい根性してます。あたしも困っちゃいました」

「ロジャース夫人役だって本当はやらせたくなかったんだよ、演出家としては。だけど、父親の方に講演依頼した手前、娘をそのあとの芝居に出さないというのも、ちょっとねえ。それで、一番セリフの少ない役をあげたのに。向坂先生はえこひいきしているなんて、陰で触れまわってるそうじゃない？」

「らしいですね」

「逆恨みもいいとこだよ。出してやるだけ有り難いと思ってくれなくちゃ。ま、晴美はどうせ出るとすぐに殺されちゃう役だからいいけど、あなたの方は大丈夫？」

「大丈夫じゃありません。だから、ここに来て慣れない煙草なんかすってたんじゃありませんか。もう今からドキドキしちゃって」

小雪は情けない声を出した。

「ウォーグレイヴ元判事役はいわば主役だからね。気合入れてやって欲しいね」

「はい。わかってます――」

小雪がそう言いかけたとき、屋上のドアが乱暴に開いて、演劇部の砂川睦月《すながわむつき》が現れた。ロンバード役の三年生である。

「先生っ。こんなところにいたんですか。もう探しまくりましたよ」

砂川睦月は息を切らして駆け寄ってきた。

「どうしたの。慌てて」

典子は手擦りに寄り掛かったまま、のんびりとした声でたずねた。

「今、クマちゃんのお母さんから電話があって――」

「なによ」

典子の顔が引き締まった。

「大変なんです」

2

「自宅の階段から転げ落ちて骨折なんて信じられない」

演劇部の部室で、向坂典子は歩きまわりながら天を仰ぐような顔をした。

集まった部員たちは皆神妙な顔つきで典子を見詰めている。

部室は、L字型をした本館校舎の東端にあり、昔は裁縫室だったという広い部屋である。

「寝坊して慌てて二階からおりようとして足を踏み外したんだそうです。そのままダダと下まで転げ落ちて」

砂川睦月がまるで自分のことのようにうなだれて、上目遣いで答えた。

「それで右大腿部の骨折?」

「はい。救急車で運ばれて、全治一か月ですって」

「もうっ。よりにもよって上演の日の朝にそんな怪我しなくてもいいじゃない」

典子はヒステリックにわめいた。

「先生。わめいててもしょうがないです。それより、急遽、アームストロング医師役に代役をたてないと」

江島小雪が冷静な顔で言う。クマちゃんこと、球磨光代《くまみつよ》はアームストロング役の三年生である。

「代役ったって、アームストロング医師役はけっこうセリフも多いし、三年は全部役がついてる。一年じゃ無理だろうし。誰か、出来る人、いる？」

典子は、二年生を中心に見渡した。しかし、誰ももじもじして名乗り出る者はいない。

「誰もいないの？」

典子は呆れたように声を高くした。

二年生たちは困ったように互いの顔を見合わせるだけである。

「上演は午後一時からでしょう。今からセリフ覚えて稽古つけるのはとうてい無理な話ね」

典子は腕時計を見ながら呟いた。

「それにアームストロング医師の衣装も、クマちゃんの体格に合わせて作っちゃったから」

ブロア元警部役の望月瑞穂《もちづきみずほ》が言った。

「そうねえ。球磨さんは背が高いから」

典子は考え込みながらそう言った。

「アームストロング医師がいなければ芝居はできません。この芝居は十人の招待客が揃ってこそ成り立つんですから。残念だけど上演中止ってことですね」

冷ややかな声でそう言ったのは松木晴美だった。

小柄でややずんぐりした体格だが、顔だちはハーフのように整っている。冷笑に近い笑いが口元に浮かんでいた。

「中止？　そんなことができるもんですか」

典子はカッとして晴美を睨みつけた。

「だって、ねえ」

晴美は唇をかみ締め、親友の西田エリカと佐久間みさの方を見た。

「この芝居をやるために、あたしがどれほど苦労して他の先生たちを説得したかわかってるの？」

典子と晴美は睨みあった。

「最初、登場人物がコロコロ死ぬような殺人劇なんかもってのほかだって意見が職員室では大半を占めていたのよ。それをお仕着せの古典やるだけが能じゃないって、説得に説得を重ねて、ようやく許可してもらったんじゃない。しかも、あの台本書きあげるのに、どのくらいかけたと思ってるのよ。今日のために稽古重ねて、やりもしない前から中止なんて冗談じゃないわよ」

「だったら、アームストロング役は誰がやるんですか。いっそ、怪我したのがあたしだったらよかったのに。だって、あたしの役ならほんの一言、二言、セリフがあるだけで、すぐに殺されちゃうから、一年生にだってできるかもしれないけど、アームストロング医師役はそうはいかないんじゃないですか」

晴美はやや皮肉を含んだ口調で言った。

「いいわ。あたしがやります」

売り言葉に買い言葉的な勢いで、典子はきっぱりと言いきった。

「えーっ」

　という声が部員たちの中から一斉にあがった。

「なにがエーよ？　他にしょうがないじゃないの。自分で書いた台本だからセリフは一応頭に入っているし、球磨さんとはそんなに体格も違わないから、あたしだったら、あの衣装着こなせるし、これしか方法がないじゃない」

　部員たちはまだざわついていたが、典子は一度決めたことを翻す意志はなさそうだった。

「さあ。そうと決まったら、あとは稽古通りよ。ホームルームが終わったら、もう一度ここに集まること」

　うむを言わさぬ口調でそう言い切ると、部員たちはまだひそひそやりながら、それでも、羊飼いに追い立てられる子羊のように、ぞろぞろと部室から出て行った。松木晴美が恨めしそうに典子を振り返ってから出て行った。

「あ、そうだ。江島さん」

　最後に出ていこうとした小雪を典子は呼びとめた。

「小道具の手斧だけどね――」

「はい？」

「あれ、本物使いましょう」

「本物、ですか」

小雪はポカンとした顔になった。

「銀紙はった作りものじゃ、幼稚園の学芸会みたいでなんだか安っぽくて。ずっと気になってたのよ。それで、知り合いに聞いてみたら、昔、まき割るのに使ってたのがあるっていうからもって来た。そんなに重くないし、あの方がリアリティ出ると思う」

「あ、はい。わかりました」

小雪は納得したように頷《うなず》いたあと、

「あの先生。大丈夫ですか」

とたずねた。

「なにが？」

「いえ、その、代役です。急だから」

「任せなさい。たとえ舞台でトチッても、中止になるよりはましってもんよ」

「そうですね」

「あたし、ずっとやりたかったんだ。クリスティのこの芝居。台本だって、高校にいた頃からずっと構想だけは暖めていたんだもの」

向坂典子はふっと遠くを見る目になった。

「そうだったんですか」

「だから、どうしてもやりとげたいのよ。失敗してもいいから」

「わかりました」

「だから協力してね。あなただけが頼りなんだから」

典子は拝むようなポーズをした。

「あたしも全力を尽くします。この芝居好きだし。成功させたいです。それに、ウォーグレイヴとアームストロングって、芝居の中でも——」

そう言いかけて、にっこり笑うと小雪は部室を出て行った。

3

午前十一時。講堂では、すでに松木憲一郎の講演がはじまっていた。演題は「これからの女性の生き方」というもので、これからの女性は、家庭に縛られることなく、もっともっと社会に進出していくべきだといった類いの、女子校という場所柄をよく考えた内容だった。

松木の話ぶりは適度にユーモアがあり、適度に知的で、とても感じのいいものだった。しかし、聴衆の殆どが女性ということで、その女性の神経をいたずらに刺激しないようにと気を遣いすぎているせいか、あまりにもそつのない、話し手の本音の感じられない話は小雪の心に何も訴えてこない。

まるで耳元で水がさらさら流れているように、松木の声はあたりさわりなく心地よくさらさらと流れていく。ぬるま湯にさらに注ぎこまれるぬるい水のように。

退屈した小雪は席から立ち上がった。なんとなく時間の無駄づかいのような気がしてきたからだ。この時間を利用して、もう一度台本でも読み直そうと思った。小雪の役は一番セリフが多いし、老人役だから妙な言い回しも幾つかある。難しい役どころなのだ。松木憲一郎の話にさっぱり身が入らないのも、松木の話に新鮮味がないということもあったが、午後の芝居の方にすっかり気がいっていたこともあった。

小雪は講堂を抜け出すと、いったん外に出て、裏庭を抜けて本館の東棟に行った。東棟の端にある演劇部の部室は、入り口が二か所あって、外からも出入りできるようになっている。ランチタイムになると、部室でお弁当を食べる生徒もいるだろう。一人で台本に目を通すとしたら、今しかない。

そう思いながら、小雪は部室の前まで来ると、フランス窓風のガラス戸を開けようとした。そのとき、ガラス越しに、廊下に出られるもう一方のドアが閉まりかけるのを見た。

あれ、誰か来てたのかな。

靴を脱いで中に入りながらふとそう思った。姿は見ることはできなかったが、たしかにドアが閉まるのを見た。小雪が入ってきたのと同時に、誰かが出て行ったというように。

見ると、小型冷蔵庫の扉が少し開いていた。古くなって閉まりが悪くなっている冷蔵庫だ。誰か、冷蔵庫を開けたのかしら。小雪はそう思った。ホームルームに出るために部室を出たときには、ちゃんと閉まっていたからだ。ということは、さっき出て行ったのは、部員の誰かだろう。冷蔵庫の中には、部員たちが飲むために買っておいたジュース類と、朝がた、小雪が自分で作った紅茶の入ったウイスキーボトルが保存してある。このウイスキーボトルは芝居の大事な小道具だった。

念のため、中を覗いてみたが別に異常はない。小雪は扉を強く閉めた。

そして、台本を開こうとした。と、そのとき、廊下側のドアが開いて、入ってきた人物がいた。

「あら、江島さん。来てたんですか」

戸口で驚いたようにそう言ったのは、松木晴美だった。

4

「高城《たかぎ》先生」

そう声をかけられて、高城康之《やすゆき》は俯いて台本を繰っていた顔をあげた。

話し掛けてきたのは、午前中に講演をした松木憲一郎だった。

「あ、これはどうも」

本館と講堂の間の裏庭に藤だながある。そこのベンチに腰掛けていた高城は慌てて中腰になった。

その拍子に、台本がひざから滑り落ちた。松木は身軽な動作でそれを拾いあげ、高城に手渡すと、

「いつも娘がお世話になっています」

と、父親の顔になって、挨拶した。数学教師の高城は、松木の娘、晴美の担任でもある。時刻は十二時半を回ったところ。松木の講演が終わって、お昼をとりに、いったん講堂を出た生徒や父兄もまた講堂に集まりはじめていた。

本館にある研究室で早々と弁当を食べ終えた高城も、さっきからこの藤だなの下に陣取って、向坂典子から貰った台本を読み耽っていたのである。

「講演、なかなか素晴らしかったですよ」

「いやあ——」

松木憲一郎は木のベンチに座りながら、照れたように頭を掻いた。学生時代から水泳をやっていたという、スポーツマンタイプの浅黒く引き締まった顔に、えくぼができて、白い歯がこぼれる。

とても十七の娘がいるとは思えない若々しさだ。四十を越えているはずだが、こう

して並んでいると、知らない人が見たら、三十二の高城の方が年上に見えるかもしれない。

藍色の背広に、染みひとつないブルーのワイシャツ。パールグレーとホワイトのストライプのネクタイがすっきりとした都会的なさわやかさを強調している。それでいて、笑顔には少年のような無邪気さと素朴さが滲み出る。

なるほど、生徒や若い女性が騒ぐのも無理はないな。

高城は松木の様子をさりげなく目の端に入れながら思った。

松木憲一郎がマスコミ界に登場したのは、かれこれ三年ほど前だ。十代の若者の残虐な犯罪が続発して巷《ちまた》を騒がせていた頃、テレビのワイドショーか何かに、「青少年の犯罪心理を分析する」A大助教授という肩書で、ゲスト出演したところ、おそらく、話の内容よりも、ルックスの良さと朴訥とした話しぶりが受けたのだろう、あれよあれよという間に、ヤングミセスや女子大生の間で人気を博し、最近では、何本かのレギュラーを抱え、畑違いのバラエティ番組にも顔を出すという、売れっ子ぶりである。

この三年の間に著書も何冊か出し、そのいずれもが書店のベストセラーのコーナーに並んでいるという。

「午後の芝居の台本ですか」

松木憲一郎は高城が膝に置いた台本を覗きこむようにして笑いかけた。

「私も娘から読めと言われてたんですが、忙しくてまだ読んでないんですよ。脚本も演出も向坂君なんですね」

「ああそういえば、向坂先生はA大の――」

松木はみなまで言わせずに頷いた。

「一体、どんな話なんです？　お恥ずかしい話ですが、クリスティの原作も読んでないもので」

「粗筋《あらすじ》はこうです。十人の老若男女が、それぞれ偽手紙におびき出されて、オーエン氏なる謎の人物が所有する島の別荘にやってくるところから話ははじまります。ところが、いくら待ってもオーエン氏なる人物は現れない。そのうち、『十人のインディアン』という童謡通りに、一人ずつ、姿なき犯人に、殺されていくんです。最初の犠牲者はマーストンという遊び人風の青年で、青酸カリ入りのウイスキーを飲んで『喉をつまらせて』死に、次はロジャース夫人という召し使いの女。これは睡眠薬死。三番目が退役将軍で撲殺《ぼくさつ》――」

「ほう」

「四番めが召し使いのロジャースで、これは手斧で打ち殺され、五番めが老嬢で、青酸カリを注射され、六番めが元判事で、これは判事が着るガウンに見立てた赤いカーテンと灰色のかつらを身につけて射殺。七番めは医師で、これは射殺されてから海に放りこまれ、八番めは元警部で、大理石の熊に頭を潰されます。そして九番めが陸軍大尉。これは射殺。そして、あとには若い女が一人残ります——」

「ということは、その女が犯人だったんですね」

松木は言った。

「ところが違うんです。その若い女は最後に首を吊って自殺するんですが、警察がその島にやってきたとき、彼女が首を吊るときに使った踏台だか椅子だかが、ちゃんと片付けられているのを発見するんです」

「え。それはどういうことです？　最後に残った若い女以外に、島には誰かいたということですか」

「しかし、舞台は絶海の孤島で、島には十人以外には誰もいないという設定ではじまっているんですよ」

「それなのに、犯人は別にいた？」

「さあて。それはどうでしょうか。まあ、真相は芝居を見てのお楽しみということで」

高城はやや人の悪い笑い方をした。

「これは一本やられましたな」

松木も快活に笑った。

「この台本では、小説の方では孤島になっている舞台を思い切って、別荘の応接間に限定しているんです。すべてが応接間での登場人物の会話だけでなされるわけです」

高城が続けた。

「ほう」

「こういう設定にすると、実際に殺人の起こる場面は最初しかなくて、小説のもつ、あのダイナミックなサスペンスこそ出ませんが、かえって、緻密な推理劇の味わいは出てきますね。芝居の特徴を出した面白い構成だと思いますよ、ぼくは。それにテーマがかなりはっきりと前面に出ていますね。ようするに、裁かれざる犯罪を誰がどう裁くのか。これが、この芝居のテーマと言っていいでしょう」

「裁かれざる犯罪か」

「とにかく脚本も演出も全部自分たちの手でやったということがとても興味深いですね。ぼくは前から、シェークスピアにしてもチェーホフにしても、いくら立派な古典だからといって、お仕着せを有り難がっているだけでは駄目じゃないかと思ってたんですよ。クリスティのこの作品なんか、ミステリーの世界ではすでに古典になっているのでしょうが、良い意味での通俗性があるから、見る方にとってもわかりやすい。演じる方にとってもとっつきやすいんじゃないのかな。ただ、登場人物が全員死んでしまうという殺伐とした話なので、職員室では反対の声が多かったんですよ」

「たしかに由緒正しき名門女子校の記念祭に上演するにはやや不向きな話かもしれませんね」

松木はまた白い歯を見せて苦笑した。

「それを向坂さんが情熱で押し切ったというわけです」

「そういえば、そのとき、高城先生も向坂サイドだったとか。晴美から聞きました」

「殺人劇と言っても、この作品は、むやみとお手軽に殺されるという話ではないし、それなりの必然性があるでしょう、十人もの人間が殺されることに。クリスティはやや軽くゲーム感覚で扱ってはいますが、裁かれざる犯罪というテーマも、もっと掘り下げれば面白いと思いましたから」

「なるほど。これは観るのが楽しみになってきましたよ。成功するといいですね」

松木は言った。

「成功しますよ、きっと」

高城はふと江島小雪の顔を思い浮かべながらつぶやいた。

「さて、そろそろ行きますか」

腕時計を見ながら、松木憲一郎は立ち上がった。

5

講堂は既に超満員になっていた。蜂の巣をつついたようなワーンというざわめき。

そのとき、アナウンスが入った。アームストロング医師役の生徒が不慮の事故のため、代役が告げられたのである。向坂典子の名を聞くと、松木も高城も思わず顔を見合わせた。

「凄いな、向坂君は。台本、演出、おまけに自ら出演するとは。まるでチャップリンかウディ・アレンなみじゃないですか。こりゃ、いよいよ楽しみだ」

松木は微笑を口元に刻んだ。

やがて、幕があがると、ざわめいていた客席が水を打ったように静まりかえった。

舞台には応接間のセットが作られている。中央奥にはカーテンを開いたフランス窓。島に作られた別荘であることを示すように、波の音が聞こえてくる。飾り戸棚の上の置き時計は九時二十分を差しており、傍らにはテーブルがあって、その上にはウイスキーボトルとグラス。

中央には、楕円形のテーブルを囲むように長椅子とひじ掛椅子が幾つか。下手にもテーブルがあって、そこには十個のインディアン人形が並べられている。

「料理はなかなか良かったですね」

そう言いながら上手から登場したのは、栗色のかつらを被ったすらりとした青年。アンソニー・マーストン役の西田エリカである。

続いて、七三に黒髪を分けて鼻眼鏡をかけたアームストロング医師役の向坂典子が懐中時計を片手で弄《もてあそ》びながら現れた。

「ワインも上等でしたよ」

マーストン役の西田が舞台の中央まで来ると、客席の中から、ひそひそと何か相談しあうような声が聞こえ、「せーの」という掛声と共に、「西田先輩、がんばって」という黄色い声援があがった。

高城は思わず声のあがった方を見た。客席の前の方で、体を寄せあってくすくす笑っている生徒たちがいた。下級生らしい。

ボーイッシュで背が高く、男役が似合う西田エリカは下級生に人気があるようだ。すぐに年配の女教師がたしなめに近寄って行った。

舞台の方に視線を戻すと、口々に何か言いながら、他の登場人物も現れた。椅子に座って新聞を広げたり、フランス窓に近付く者もいる。

「おや、妙なものがある」

マーストン青年が下手のテーブルに近付くと、そこにあったインディアン人形のひとつを手に取った。

「インディアンだ。インディアン島だというので、こんなものが置いてあるのかな」

「幾つありますの」

金髪のかつらを被った若い女、ヴェラ・クレイソン役の佐野圭子がたずねる。

「十個ですよ」

「わかったわ。こもり歌にある十人のインディアン少年のつもりなんですわ。私の部屋の炉棚の上にあのこもり歌が額になってかかっていますのよ」

「ぼくの部屋にもかかっている」

ひじ掛椅子に座ったロンバード元陸軍大尉役の砂川睦月が言った。

「私の部屋にも」

「わしの部屋にも」

他の登場人物たちも口々に言う。

「たしかこんな歌でしたわね」

ヴェラが中央に進み出て、客席に向かって歌うように暗唱する。

「十人のインディアンの少年が食事にでかけた。一人が喉をつまらせて、九人になった。

九人のインディアンの少年がおそくまで起きていた。一人が寝過ごして、八人になった。

八人のインディアンの少年がデヴァンを旅していた。一人がそこに残って、七人になった。

七人のインディアンの少年が薪を割っていた。一人が自分を真っ二つに割って、六人になった。

六人のインディアンの少年が蜂の巣をいたずらしていた。蜂が一人を刺して、五人になった。

五人のインディアンの少年が法律に夢中になった。一人が大法院に入って、四人になった。

四人のインディアンの少年が海に出掛けた。一人が燻製のにしんにのまれ、三人になった。

三人のインディアンの少年が動物園を歩いていた。大熊が一人を抱き締め、二人になった。

二人のインディアンの少年が日向に座った。一人が日に焼かれて、一人になった。

一人のインディアンの少年が後に残された。彼が首をくくり、後には誰もいなくなった」

ヴェラはそこまで澱《よど》みなく暗唱すると、椅子に座っている男たちの方を振り返って、

「気がきいているじゃありませんか」

「馬鹿馬鹿しい。子供じゃあるまいし」

吐き捨てるように呟いたのは、猫背に、グレイのかつらを被ったウォーグレイヴ元判事役の江島小雪だった。

「気持ちの良い音ですね」

フランス窓のそばに立っていた、堅苦しそうな黒いドレスに灰色の髪をひっつめにした、老嬢、エミリー・ブレント役の浅岡和子が、波の音を聞きながら言った。

「私は嫌いですわ」

ヴェラが耳をふさぎながら鋭く言う。

驚いたように若い女を見詰めるブレント。

「嵐がきたらここにはいられませんもの」

弁解するようにヴェラ。

「冬になったら閉めるのでしょう」

とブレント。

「だいいち召し使いがいませんよ」

「冬でなくても、召し使いはなかなか来ないでしょう」

「あの二人が来てくれて、オリヴァー夫人はしあわせですわ。あの女は料理が上手ですし」

「そうですね。オーエン夫人はしあわせですわ」

ヴェラが言い直した。

「オーエンですって？」

不思議そうなブレント。

「ええ」

「私はオーエンという人には会ったことがありませんよ」

「でも、たしか」

見詰め合う、二人の女。

そのとき、ロジャース役の川合利恵《かわいりえ》がコーヒーを載せた盆を持って、上手から出てくると、招待客たちにコーヒーを配りはじめた。

コーヒーを配り終えたところで、突如、どこからともなく声が聞こえてきた。

「諸君。静かにしてください」

それぞれ、驚いたように互いの顔を見詰めあい、部屋の中を見回す。

「諸君は次に述べる罪状で殺人の嫌疑を受けている。

エドワード・ジョージ・アームストロング、汝は一九二五年三月十四日、ルイザ・メリー・クリースを死に至らしめる原因を作った。

エミリー・カロライン・ブレント、汝は――」

こんな調子で、声は、十人の招待客の罪状をすべて挙げたあとで、

「被告たちに申し開きのかどがあるか」

声が終わり、招待客たちは誰もが化石のように身動きしない。ガチャンという音。ロジャースが持っていたお盆を取り落としたのである。それと同時に、上手の方からキャーという悲鳴。どさりという音。

ロンバードがまず上手に行き、黒い服に白のエプロンドレスを着たロジャース夫人役の松木晴美を抱きかかえるようにして連れてきた。

娘が登場したせいか、隣の松木憲一郎が心もち身を乗り出すのを高城は感じた。

マーストンが手を貸し、気絶したロジャース夫人を長椅子に寝かせた。

アームストロング医師が近寄ってかがみこむ。

「たいしたことはない。気絶しただけだ」

「誰がしゃべったのでしょう?」

ヴェラが言った。

「まるで、まるで」

「つまらんいたずらをする奴じゃっ」

白髪に白い口ひげをつけた退役将軍マカーサー役の佐久間みさが声を震わせる。

小雪の老人役の見事さに比べると、まだ二年の佐久間みさは、老け役に徹することができないらしく、地が出てしまって、細く少女っぽい声になってしまっている。

しかし、そんな未熟な演技も高城にはほほえましい。

「誰なの。誰なの。私たちではなかったわ」

ヴェラが叫ぶ。

ロンバードが仁王だちになって、周囲を素早く眺め回し、きびきびとした足取りで下手の方にいったん消えると、一枚のレコードを手にして戻ってきた。

「これだ。隣の部屋にセットしてありましたよ」

客席の方に古いレコード盤を見せるように掲げる。

「はなはだたちのよくない悪戯《いたずら》だ」

アームストロング医師が苦々しげに呟く。

「あんたは悪戯と思いなさるのか」

低い声でそう言ったのは、元判事だった。

「悪戯でなければどういうことですか」

と気色ばむ医師。

「さあな」

元判事は上唇を手で押さえた。

「しかし、いったい誰がレコードを回したんだ？」

そう言いながら、マーストンが皆を見回す。そのとき、長椅子の上のロジャース夫人が目を覚まし、きょろきょろした。

「あの私――」

「もう大丈夫だよ。ちょっと気をうしなっただけだ」

とアームストロング。

「あの声が、あの恐ろしい声が——神の裁きの声のような」

ロジャース夫人は身を震わせながら言った。

目立ちたがりやの松木晴美らしい大袈裟な演技である。高城はやれやれというよう
に、そっと隣の助教授をうかがったが、松木はじっとまばたきもせずに娘を見守って
いる。壇上では颯爽《さっそう》としていた新進評論家も今は一人の親馬鹿にすぎないようだ。

「誰がレコードをかけたのだ。おまえかね、ロジャース」

元判事が重々しく言った。

「私は何も知らなかったのです。誓います。何も知らずにかけたのです」

ロジャースが叫ぶように答えた。

「説明してくれ、ロジャース」

冷やかな判事の声。

「私はただ、ご命令に従っただけなのです」

「誰の？」

「オーエン様の」

「はっきり聞かせてもらおう」

元判事の詰め寄る声に、ロジャースは、ロジャースの妻がレコードをかけたいきさつを説明した。

それをきっかけに、招待客の間で、招待主のオーエンなる人物に対する疑惑がもち上がる。誰も、ロジャース夫妻でさえ、オーエンなる人物の正体を知らなかったことに気付いて愕然《がくぜん》とする。

「その前に、おまえは細君を寝かせてきた方がいい」

元判事が言った。

ロジャースは妻を長椅子から立ち上がらせると、抱きかかえるようにして下手に行く。

「私が手を貸そう」

医師がそう言って、二人でロジャース夫人を挟むようにして下手に消えた。

これで松木晴美の出番は終わったようだ。がっかりしたように、松木憲一郎が乗り出していた身を引っ込めるのを高城は視界の隅で見た。

ややあって、アームストロング医師とロジャースだけが戻ってきた。

「ブランデーを飲ませて、睡眠薬を置いてきた」

医師はそう報告した。

「さて、ロジャース。詳しい話を聞こう。オーエン氏とは何者なのだ？」

元判事の尋問をかわきりに、それぞれの人物は、皆、オーエンの名を騙《かた》る偽手紙を貰っておびき寄せられたことがわかる。

皆、ポケットやハンドバッグからその手紙を出して見せあう。

「なんということだ。われわれは気の狂った人間に招かれたのだ。おそらく、危険きわまる殺人狂だろう」

皆の話を聞いたあとで、元判事が断定するように言った。

一同、沈黙。

その沈黙を破るように、元判事がまず自分の無実を主張する。「声」が述べた嫌疑は根も葉もないことであると。続いて、せきを切ったように、ヴェラもマカーサー将軍も、無実を訴える。

最後にミス・ブレントだけが、「何も言うことはない」と言って、口をとじる。

「あの元判事役の生徒、いいですね」

松木が小声でささやいた。

「江島小雪といって、演劇部の部長をしている生徒です」

高城も小声でささやき返す。

一方、舞台の上では、

「この館の主人がなぜわれわれをここに集めたのか、わしにはまだその真意はつかめない。しかし、どんな人間であるにせよ、正気の人間ではないと思う。一時も早くこの島を去るのが上策だろう。今夜にも」

いかにも元判事らしく、他の連中をリードしてきた、ウォーグレイヴがそう結論づけた。

「しかし、島には船がありません」

おずおずと答えたのはロジャースだった。

「一隻もないのか」

「はい」

「それでは、陸とどう連絡を取るのだ？」

ロジャースは、明日朝、ナラカットという人物がパンと牛乳と郵便物を持って訪ねてくるはずだと答える。

「では、明朝、その船で帰ることにしよう」

元判事の提案に次々と賛成の声。しかし、一人だけ反対したものがいた。

「少々意気地がなさすぎるんじゃないですか」

不敵な笑いを口元に浮かべながらそう言ったのは、マーストン青年であった。

「立ちさる前に謎を解いていこうじゃないですか。まるで探偵小説みたいだし、スリル満点ですよ」

そう言いながら、脅《おび》える人々のなかで、一人だけ元気いっぱいの青年は、舞台中央奥のテーブルのところまでブラブラ歩いていく。

「わしくらいの年齢になると、きみが言うようなスリルにはいささかの興味もない」

元判事が冷やかに言った。

「法律に縛られる生活は窮屈ですからね。ぼくは犯罪を礼讃しますよ」

マーストンはウイスキーボトルを片手に持って、中身――おそらく紅茶か何かだろう――をグラスに注ぐと、それを目の高さまで掲げ、笑いながら、

「犯罪に乾杯」

と言うなり、仰向いていっきに飲んだ。

さあ、やっと最初の殺人が起こるぞ。

そんな風に松木は身を乗り出した。

客席にも緊張が走った。お芝居といえども、やはり殺人の場面となると、見る方も力が入るというものだ。

マーストン青年はうっと呻《うめ》いて喉を押さえている。手からグラスが落ちた。顔を歪めて苦しそうだ。

「迫真の名演技ですね」

また松木がささやいた。

「ええ」

高城は短く答える。

喉を掻《か》き毟《むし》るようにして倒れる——と思っていたが、マーストンはなかなか倒れなかった。二、三歩よろめいて、長椅子に座りこんでしまった。妙に苦しみ方がリアルだ。

あれは演技なのか？

そんな声にはならない、戸惑いの輪のようなものが、水面に石を投げたように客席に広がりはじめていた。

演じている者たちの顔にも、演技とは思えない動揺が見られる。

何か変だった。

「どうしたんだろう」

松木が呟いた。

「ちょっと変ですね。西田はどうしたのだろう」

高城もそう言った。

客席がざわつきはじめた。

皆、異変が起きたことに気が付いたのだ。

「幕よ。幕を下ろしてっ」

突然、舞台の上から誰かが叫んだ。

向坂典子だった。

6

舞台の上で向坂典子はただ茫然としていた。

「幕を下ろしてっ」と叫んだのが自分の声だということにも気が付かなかった。何が何だかわからない。

しかし、西田エリカの苦しみ方はただ事ではない。最初は演技かと思っていた。しかし、演技にしては苦しみ方がリアルだし、どこか変だった。もともと、典子の演出では、この場面はごくアッサリと処理してある。西田にもあまりリアルにやらないようにと指導してあった。

殺人の生々しさは強調しないようにと、職員室のお偉方から申し渡されていたからである。典子としても、この劇で殺人の場面を徒《いたずら》に強調するのは本意ではなかった。だから、台本では、西田は喉を押さえて倒れるだけの演技になっているはずだ。稽古のときは、西田はそれを忠実に守っていた。それなのに——

幕が下りて、客席のざわめきで典子は我にかえった。

「西田さん？　どうしたのっ」

長椅子を両手の爪で掻き毟るように苦しんでいる西田エリカのところに駆け寄ると、西田の体を抱いた。

顔が死人のように真っ青だ。

喘《あえ》ぐように開いた口からプンとアーモンド臭を嗅いだような気がした。

アーモンド？

典子の背筋に冷たいものが走った。

まさか？

「中谷先生をっ」

西田エリカの頭を自分の胸で抱きかかえながら叫んだ。

校医の中谷政子が客席にいるはずだ。誰かが舞台から飛び出していった。

西田の頭を抱きかかえながら、青い顔で言葉もなく立ち尽くす江島小雪と目が合った。

小雪の目は絶望の色を湛えていた。

たぶん今の自分もこんな目をしているだろう。典子は軽いめまいを感じながらボンヤリと思った。何が起きたのかわからない。でもひとつだけはっきりしていることがある。それは、高校のときから構想を暖め、反対する他の教師たちを根気よく説得し、稽古に稽古を重ねてきた、この芝居が、今この瞬間に崩壊したということだった。

すぐに中谷政子と他の教師たちが駆け付けてきた。

「何があったんです。どうしたんです」

教頭も主事もただおろおろとするばかりだ。年配の女医はさすがに冷静な物腰で、西田エリカの上にかがみこむと、

「すぐに救急車を」

と強い口調で言った。

「それから警察も」

「け、警察？」

古参の教師がぎょっとしたように聞き返した。

女医はそれには答えず、床に転がっていた空のグラスを取り上げると、鼻を近付けて臭いを嗅いだ。

「青酸の臭いがします。この中に青酸が本当に入っていたんです。この子はそれを飲んだんです」

全員、水を浴びたような顔になった。

まるで悪い夢でも見ているようだった。

江島小雪はこのときのことを後になってそう思い返した。ものものしいサイレンの音と共に救急車とパトカーが駆け付けてきて、劇はもちろん中止、七夕祭はめちゃくちゃになった。

7

虫の息になった西田エリカはマーストン青年の衣装のまま、救急隊員によって担架で運び出されて行き、講堂にいた観客たちは、演劇関係者をのぞいて、全員、警察の手で外に出された。

小雪たちは舞台衣装のまま、舞台をおろされて、空っぽになった観客席に集められ、大塚署の刑事たちの事情聴取を受けることになった。

「ウイスキーボトルに入っていたのは？」

皆川《みながわ》と名乗った刑事が向坂典子にたずねた。小鬢《こびん》に白髪が混じった、小柄で温厚そうな四十年配の刑事である。

「紅茶です」

典子は青い顔のまま答えた。

「いつ、誰が作ったのですか」

「あの中に何か入っていたのですか」

典子が逆に聞き返した。

「詳しいことは中身を分析してみないとわかりませんが、おそらく臭いからして青酸化合物だと思いますね」

皆川刑事の話し方は穏やかでソフトだった。

「そんな、誰が——」

典子は口を手で覆った。

そのとき、ひょろりと痩せた背の高い天然パーマの若い刑事がやって来て、今、病院から電話があって、西田エリカが息を引き取ったと告げた。

そう告げられた皆川の顔に沈痛なものが走った。

誰かがひいっと笛を吹くような音をたてた。見ると、松木晴美だった。顔を両手で覆っている。たしか、晴美と西田エリカは中等部からの親友同士だったはずだ、と小雪は思った。

松木の隣にいた佐久間みさも啜《すす》り泣きをはじめた。

「青酸化合物はボトルの中の紅茶に入っていたんですか」

小雪はたずねた。視線はまっすぐ皆川刑事の顔に注がれている。メイクで染みやしわを作っても、目だけがみずみずしく輝いている。そんな小雪の強い視線が眩《まぶ》しいというように皆川は目をしばたたかせ、頷いた。

「紅茶はあたしが朝がた作って、ポットに入れておいたものです」

小雪は中年の刑事から視線をはずさずにハッキリとした声で答えた。

「それをどこに？」

「部室の冷蔵庫に入れておきました。空のウイスキーボトルに入れて。もし、誰かがあの中に毒を入れたとしたら、朝がたホームルームに出席するためにあたしたちが出はらって部室が空になったときか、松木先生の講演会の間です。あとは誰かしら部室にいましたから、すきを見てボトルの紅茶に毒を入れるのは不可能だと思います」

「その講演会というのは？」

皆川の質問に、今度は典子が簡単に説明した。

「部室への出入りはどうなっているのですか？　部外者でも入ることはできたんですか」

「その気になればできたと思います。出入り口は二箇所あって、校舎からも入れますし、裏口の方は外からも出入りできます」

「ドアに施錠は？」

典子は首を振った。

「どちらにも鍵はかけてありませんでした。外部のものでも簡単に入ることができたと思います。それに、今日は七夕祭で、父兄も大勢来ていましたから、学校関係者でない人がうろついていたとしても特に人目を引くことはなかったでしょう」

「その松木先生の講演会の間、あなたがたも講堂にいたのですか」

「いえ、それはまちまちです。講堂にいた人もいるし、午後の芝居に向けて、発声練習やストレッチをしていたものもいます」

「それでは、ほんのすきを見て、演劇部の部室の冷蔵庫に保管してあったウイスキーボトルに青酸化合物を入れるのは、学校関係者でも外部の者でも十分可能だったということですね」

皆川は確認するように言った。

「ええ、たぶん――」

典子は口のなかでつぶやいた。

このとき、小雪は講演会の途中で講堂を抜け出して部室に行ったことを話そうかと思った。部室へ行ったとき、誰かが部屋から出た直後だったことを。そして、ちらっと松木晴美の方を見た。その誰かを松木も見ているはずだ。松木は東棟の廊下を通って部室に来たはずである。途中で誰かと擦れ違ったはずだ。しかし、晴美は気が動転して泣くのに忙しいのか、そのことを言い出そうとはしなかった。

「あの――」

小雪は言いかけたが、なんとなくためらうものがあって、言葉を飲み込んだ。それに、このときの小雪は、もっと別のことに気を取られていた。

「あのウイスキーボトルに入った紅茶を飲む予定だったのは西田さんの他には?」

皆川が続けてたずねた。

「他にはいません。西田さんだけです」

典子が即座に答える。

「西田さんだけ?」

皆川の眉がピクリとあがった。

「実はクリスティの原作では、マーストン青年は、ボトルではなくて、グラスに入れられた毒を飲んで死ぬことになっているのです。犯人はロジャース夫人が倒れたときの騒ぎにまぎれて、マーストンのグラスに青酸カリを仕込むのですが、観客が見ている芝居ではこの設定はつかえません。観客には犯人は誰か最後までわからない形にしたかったので、ここは原作とは設定を変えて、青酸カリは最初からボトルの中にはっていたという風にしたのです。そうすれば、犯人が毒を仕込むところを観客に見せずにすみますから。でも、この設定にすると、他の登場人物がマーストンと同じボトルから酒を飲むのはまずいので、あのウイスキーボトルから紅茶を飲むのはマーストン役の西田さんだけという風にしたのです」

「なるほど。そのことを知っていたのは、あなたがた以外には?」

「それは台本にちゃんと書いてありますから、この台本を読みさえすれば、ボトルの紅茶を飲むのは西田さんだけだったことは誰にでもわかったはずです」

向坂典子はそう言って、台本を刑事に渡した。

「ですから、青酸化合物をボトルに仕込んだ人物は、たんなるいやがらせではなく、明らかに最初から西田エリカさんを狙った犯行だということです。だって、いやがらせなら、わざわざ冷蔵庫に入れておいたボトルの方に毒を入れなくても、部員用にポットに残しておいた方に入れればいいんですから。でも、こちらには何も入っていませんでした」

皆川は台本をペラペラ繰りながら黙っている。

「でも、わたしにわからないのは、誰が、西田エリカをそれほど憎んでいたかってことです。西田は性格も明るくて素直で、どちらかといえば人に好かれるたちでしたし、ボーイッシュな魅力のある子だったので、とりわけ下級生の人気も高かったんです。ファンクラブができるほどに」

「ほう、ファンクラブね」

皆川は台本から目をあげて典子を見た。

「人に好かれこそすれ、そんな毒を飲まされるほど憎まれていたなんて、わたしには信じられません」

「誰か西田さんのことで犯人に心あたりは？」

刑事は演劇部員たちを見回した。

「松木さん。あなたどう？　西田さんとは中学のときから仲良かったんでしょ？」

典子は目を腫らしてまだ泣きじゃくっている松木晴美の方に鋭い視線をあてた。

晴美はぎょっとしたように顔をあげた。

「いいえ。あたしは何も。エリカは中等部にいたときから誰にでも好かれてました。そんな、憎まれるなんて——」

晴美はまた泣きじゃくりはじめた。

「でも、どうしてエリカは青酸カリの入った紅茶を飲み干したんでしょうか。あたし、青酸カリって、口に含んだだけで刺激が強くて吐き出してしまうものだって、何かで読んだことがあります。どうしてエリカは吐き出さなかったんでしょうか」

しゃくりあげながらも、晴美は素朴な疑問を提示した。

「まだ青酸カリと決まったわけではないが。しかし、たしかに言われてみればそうだね」

皆川も考えこむように首をひねった。

「まさか、エリカが自分で——」

晴美がおずおずと言った。

「自分で？　自殺だというのかね」

「そうでなければ、どうしてあんなものを飲み込んでしまったのか」

「自殺か。何か動機に心当たりでもある？」

「いいえ。そういうわけじゃありませんけど」

晴美は激しくかぶりを振った。

「自殺なんて考えられません」

そうきっぱり言ったのは典子だった。

「よりにもよって舞台の上で、芝居の最中に青酸を飲んで死ぬなんてそんな馬鹿なこと、考えられますか。西田は責任感の強い子でもありました。万が一自殺を考えたとしても、わたしたちが稽古に稽古を重ねて作り上げてきた芝居をめちゃくちゃにするような方法をあの子が選ぶはずがありません」

「もしかしたら――」

ふと思いついて小雪が口をはさんだ。

「責任感が強かったからこそ、西田さんは毒のはいった紅茶を飲み込んでしまったんじゃないでしょうか」

「どういうこと？」

典子は不思議そうな顔をした。

「松木さんが言ったように、青酸化合物だったら臭いもあるはずだし、口に含んですぐに異常に気が付いたはずです。それでも吐き出さずに飲み込んでしまった。それは、西田さんが、とっさに芝居をめちゃくちゃにしたくないと思ったからじゃないでしょうか」

「…………」

「グラスの中身がただの紅茶ではないことに気が付いても、もう芝居は始まってしまったんです。彼女の一挙一動が多くの観客の目にさらされているんです。マーストン役の彼女はグラスの中のものを飲み干して倒れる演技をしなければならなかったんです。飲むのをやめたり、吐き出したりしたらどうなるでしょう。芝居は台なしになってしまいます。だから、芝居を続けるために無理やり飲み込んでしまったような気がします。そして、もしかしたら、犯人は、西田さんのそんな性格まで計算にいれていたのかもしれません」

8

その夜、八時半頃。

ある人物がかかってきた電話に出ていた。

自分の名を名乗ると、かけてきた相手はしばらく黙っていた。

「もしもし?」

まだ沈黙。悪戯電話かと思った瞬間、

「ヒトゴロシ」

いきなりそう言ったのは、やや硬質な、低い少女の声だった。いや、正確にいうと、少女のような声だった。

その声を聞いた途端、その人物の心臓の奥がコトンと鳴った。嫌な胸騒ぎ。こんな電話がかかってくるのを予感していた気がする。

少女(と思われる)声はあることを氷のような冷静な声で淡々と話した。

やっぱりそうだった。

あのとき、彼女と目を合わせたときから、ただでは済まないと思っていた。

その人物の頭にどんよりとした絶望感が墨汁をこぼしたように広がる。

「あなたが人殺しだということを誰にも知られたくなかったら、今月末までに五百万、次に言う口座に振り込んでください」

「五百万——」

「払えない金額じゃありませんよね？」

含み笑いのような声が受話器の向こうから漏れてきた。

「もし指定の日までにお金が振り込まれていなければ、こちらにも考えがあります。わたしがあなたを見たと警察へ訴えて出たら、あなたは確実に破滅します。破滅するより、お金で片をつけた方がいいのではありませんか？」

もう一度、含み笑いが聞こえて、電話は切れた。

その人物は、しばらく、ぼんやりと受話器を耳にあてたまま身動きしなかった。

五百万。たしかに払えない金額ではない。しかし、けっして端金《はしたがね》ではないし、たとえ相手の言う通りに払ったとしても、恐喝がこのまま終わるという保証はない。

相手のあの含み笑いからすると、いったん金を払ったが最後、絞り取れるだけ絞り取るつもりなのではないだろうか。

そんな恐れがその人物の痺《しび》れたような頭をかすめた。

なんとかしなければ。なんとかしなければならない——。

9

松木晴美は受話器をかけると、テレホンカードを抜き出して公衆電話ボックスを出た。そばに停めておいたピンクの自転車に飛び乗ると、家に戻ってきた。リビングに入る。父の憲一郎の姿はなかった。まだ風呂に入っているらしい。よかった。外に電話をかけに行ったことを父には気付かれなかったようだ。

ソファに腰掛けようとしたとき、電話が鳴った。

松木憲一郎が、タオルで濡れた頭を拭きながらリビングに入っていくと、娘の晴美が受話器を耳にあて、誰かと小声でひそひそと話していた。父親の気配を感じると、「じゃあ」と慌てたように電話を切った。

「誰から？」

浴室を出たとき、電話が鳴っているのを聞いたから、そうたずねると、晴美は、父親の顔から目をそらして、「ミサからだよ」とだけうるさそうに答えた。

同じクラスの佐久間みさのことだろうが、憲一郎は晴美の言葉を信じなかった。佐久間みさと話していたなら、父親の気配を感じたからといって、あんなに慌てて電話を切ることはないはずだ。みさからはよく電話がかかってきたが、そばに父親がいようが平気のへいざで、たわいもないことをペチャクチャと話しこんでいるのが常だった。

おそらく、佐久間は佐久間でも、みさの兄の宏からではないかと、憲一郎はこのとき思ったが、それ以上追及するのはやめた。昼間、学園で起こったショッキングな事件のせいで、晴美はかなりナーバスになっていた。ここで小言めいたことを言おうものなら、一触即発、どんなヒステリーを起こすかしれたものではない。亡妻の体質を受けついだのか、ヒステリーを起こしたときの晴美は手がつけられなかった。

いつだったか、番組で共演した、人気美人キャスターとの仲を週刊誌に書き立てられたことがある。といっても、この記事は松木がメインではなく、すでに若くしてスターダムにのし上がっていた、その美人キャスターの私生活をあばくといった趣旨のもので、松木などは、「この他にも某大学助教授のM氏とも」といった具合の、いわば刺身のツマみたいな扱われ方だったにもかかわらず、このときの晴美の反応は、今思い出しても憲一郎の背筋を寒くさせるものだった。

ある日、帰ったら、書斎の机の上にその記事が載った週刊誌が置いてあった。悪い予感をおぼえながら、中を開くと、問題の美人キャスターの写真がカッターナイフか何かでズタズタに切り裂かれていた。通いの家政婦がいたが、むろん、彼女のしたことではない。晴美の仕業だった。

そんなことを思い出しながら、なんとなく腫物《はれもの》にでも触るような気分で娘を見ていると、

「あたし、もう寝る」

晴美はそう言って、プイとリビングを出て行った。ややあって、トントンと階段を昇る足音。それを聞きながら、憲一郎は少しほっとしていた。

思えば、六年前に妻の初江に死なれてから、ずっと一人娘の晴美には腫物にでも触るように接してきたような気がする。小さい頃はただ可愛い可愛いでやってこられた

が、成長するにつれ、娘というよりも、何か得体の知れない生き物と暮らしているような感じをもつようになった。それは妻が亡くなってからいっそう強くなり、最近では、晴美と二人きりでいると、喉もとを見えない手でじりじりと締め付けられているような息ぐるしさすら覚える。

それにしても三、四歳の頃が一番よかった。気楽だった。晴美はまるで人形のように愛くるしかった。一緒にお風呂にはいったり、近くの公園でまり投げに興じたり、なんの屈託もなく娘と過ごすことができた。この子は自分の宝だと心の底から思うことができた。それが今では——。

憲一郎は棚からヘネシーの瓶を取り出し、それをブランデーグラスに注ぐと、ビデオケースから一本のビデオテープを引き抜いた。ビデオデッキにセットして、リモコンで再生ボタンを押す。

画面には、先日昼のワイドショーに出演したときの自分の姿が映っている。歯磨きのCMにだってそのまま出演できそうなまっ白な歯。贅肉《ぜいにく》のない浅黒い膚。知的で若々しい身なり。清潔さを強調した髪形。

テレビに出はじめた頃は、自分の姿をビデオで見るのは嫌でたまらなかったが、最近では、慣れを通り越して、すっかり病み付きになってしまった。

それに、第三者の目になって、自分が視聴者、とりわけ女性の視聴者にどう映るか、冷静にチェックするのは、今では仕事のひとつだと思っている。ファッションや髪形は専門家に任せればいいが、態度や話し方は録画を見て念入りに研究する必要があった。

見ていて、テーブルの下の脚の処理のしかたが気になった。ああいう風にズデンと両脚を投げ出していると間抜けに見えるな。脚は組んだ方がずっとスマートに見える。今度からそうしよう。それと、出されたジュースを、いくらライトがあたって暑いからといって、カバみたいにガブガブ飲むのも見てて恰好のいいものではないな。

そんなことを思いながら、もう一度見るために巻戻しのボタンを押した。何度見ても飽きない。

いつのまにか画面に映る自分の姿に夢中になっていた憲一郎は、そのとき、階段を降りてくる娘の足音にはまったく気が付かなかった。

II

一人が寝過ごして

1

「あら、今日はばかにお早いんですね」

七月六日、月曜日。午前六時半。通いの家政婦、島村トミがリビングルームに入ってくると、ふだんは朝の遅い松木憲一郎が、珍しくパジャマ姿で朝刊を読んでいた。

「ああ。昨日はよく眠れなくてね。新聞配達のバイクの音で目が覚めてしまった」

憲一郎は寝不足ぎみの顔つきで目をこすりながら答えた。

「あんなことがあったあとですものねえ。わたしなんかテレビのニュースで知って、ビックリ仰天しましたよ」

妻をなくしてからずっと日曜日以外は、知り合いから紹介されたこの島村トミに通いで来て貰っている。

仕事はきちんとやるし、料理の腕前もそこそこで、家政婦としてはけっして悪い方ではないが、詮索好きで口の軽いところが玉に瑕《きず》である。

しかも、彼女の詮索好きは、憲一郎がひょんなことからテレビに出て、「有名人」になって以来、ますますエスカレートしてきたようだ。

「お芝居用の紅茶に青酸カリが入っていたんですって？　その殺された生徒さん、西田エリカさんって言いましたっけ、晴美さんのお友達だった人じゃありませんか。たしか家へも何度か遊びに来たことがありますよ」

エプロンのひもを後ろ手に結びながらしゃべり続ける。

憲一郎は黙って、バサリと音を殊更にたてて、新聞に目を通す振りをしていた。

下手に相槌でもうとうものなら、いつまでもしゃべりかねない。勝手にしゃべらせておけば、そのうち、疲れて黙るだろうと思ったのである。

「明るくて良いお嬢さんでしたけどねえ。誰が毒を飲ませるなんてひどい事を。晴美さんもお友達があんなことになってさぞショックだったでしょうねえ」

トミは水をさしむけるようなことを言った。

「まだ殺されたと決まったわけじゃないよ」

憲一郎は渋々口を開いた。

「えっ。でもまさか自殺なんてことは」

トミは目を丸くした。

「何かの事故かもしれないし、それは、いずれ警察がつきとめるさ」

憲一郎はうるさそうに答えた。

「晴美さんはまだお休みですか？」

「ああ」

「あの、起こしてきましょうか」

トミは晴美の部屋のある二階を見上げた。

「いや、いいよ。どうせ今日は振替休日で学校は休みだし」

「ああそうですか」

「それから、起きてきても、あまりあの話はしないでくれ。下手に訊くと、また泣いたりわめいたりするから。しばらくそっとしておいた方がいい」

そう釘を刺すと、

「はあ、わかりました」

トミは幾分がっかりしたような顔で曖昧《あいまい》に頷き、台所の方に行きかけたが、何か思

い出したように、

「あ、そうそう。そういえば、公園のそばを通ってきたら、パトカーが停まっていたんでございますよ。ほら、ここから少し行ったところにある、噴水のある公園――」

「ふーん」

憲一郎は新聞から顔を上げなかった。

「人だかりがしていたから何かあったんでしょうかねえ。嫌ですねえ。近ごろは物騒なことが多くて」

そう言いかけたとき、玄関のインターホンが鳴った。

「誰でしょう。こんな朝っぱらから」

トミはぶつぶつ言いながら、インターホンに出たが、怪訝《けげん》そうな顔で、

「警察の方だそうですよ」と告げた。

「警察？」

憲一郎は新聞を放り出し、慌ててパジャマの上にガウンを羽織って玄関に出た。ドアを開けると、二人の男が立っていた。中野署の刑事と名乗る人物は警察手帳を見せながら、

「こちらに松木晴美さんという方がおられますね」

とたずねてきた。

「晴美は娘ですが」

「今ご在宅ですか」

「ええ」

二人の刑事は何か意味ありげに顔を見合わせた。

「ご在宅なのですね？」

刑事は念を押すように言った。

「はあ、まだ休んでいますが。あの、晴美に何か？」

「実はですね、先ほど、ここから少し行ったところにある公園のベンチで若い女性の死体が発見されましてね、そばに折り畳み式のピンク色の自転車が乗り捨ててあったんですよ。それに貼ってあった盗難防止用ステッカーの登録番号を調べたら、おたくのお嬢さんのものだとわかったものですから……」

「ちょ、ちょっと待ってください。た、たしかにうちの娘はピンク色の折り畳み式の自転車を持っていますが、それが一体——」

憲一郎は思わず吃りながら、混乱したような顔で刑事の言葉を遮った。

「死体で発見された若い女性の身元がまだわからないのですよ。それで、もし傍にあった自転車がその女性の持物であったらと思いまして」

「そ、そんな馬鹿なっ」

憲一郎はようやく話が飲み込めたような顔になった。

「は、晴美は今二階で寝てますよ。昨日から外には出ていません。そ、そ、その死体がうちの娘のはずがないじゃありませんか」

「ですが、一応念のために――」

「わかりました。今、娘を呼んできます」

憲一郎はそう言うなり、心配そうな顔でリビングのガラス戸の陰からこちらを窺っていた家政婦に、「晴美を起こして来てくれ」と頼んだ。

「その若い女性というのは、どんな服装でした？」

憲一郎はやや不安そうにたずねた。

「白い半袖のTシャツに黄色いスラックスです。Tシャツにはマンガのキャラクターのプリントがしてあって……見覚えありますか」

「い、いや。そりゃ、娘もそんなTシャツを着ていましたが、べつに珍しくもないでしょう。若い娘なら誰でもマンガのついたTシャツくらい着ますよ。そ、それで、その女性は殺されていたんですか」

「いや、それはまだなんとも。どうやら致死量の睡眠薬を飲んだらしいのです。ベンチのそばには睡眠薬の空びんが落ちていましたから」

「睡眠薬？」

憲一郎ははっとした顔になった。

「なにか？」

刑事は目ざとく追及した。

「いいえ、別に。と、とにかく、うちの娘じゃありませんよ。その自転車は盗まれたか、娘が貸してやったものかもしれません。そうです。きっとそうに違いありません。晴美に聞けばすぐにわかりますよ」

憲一郎は自分に言い聞かせるような口調でそう言った。

しかし、ややあって、二階から戻ってきた家政婦が青い顔で告げたのは、晴美が部屋にいないという一言だった。

2

「——信じられない」

警察署の死体安置所で、変わり果てた娘の姿を見せられた松木憲一郎は茫然としたように呟いた。

刑事が布をめくって見せてくれた晴美の顔は穏やかで、まるで眠っているように見えた。

「娘さんに間違いありませんか」

年配の刑事の方がいたわるようにたずねた。

憲一郎はただ頷くだけだった。

「昨夜のことを少しうかがいたいのですが」

刑事にそう言われて、憲一郎はよろめきながら別室に連れて行かれた。

「晴美さんが外出されたのには気が付かなかったのですか」

テーブルを挟んで刑事がきいた。若い刑事がお茶を運んできた。

「全く気が付きませんでした。実は、昨日は——」

天川学園で起きた事件のことを話した。

「西田さんのことで晴美は大変ショックを受けていました。無理もありません。西田さんとは中学のときから親しくしていましたから。それで、昨夜は、いつもより早く、二階の自分の部屋に閉じこもってしまったのです」

「それは何時頃です?」

「たしか九時少し前でした。いろいろあって疲れているだろうと思ったので、干渉しませんでした。私の方はしばらくリビングにいて、十時すぎには、少し調べ物があったので書斎に行きました。てっきり、そのまま娘は寝たものだとばかり思っていました。夜遊びなどするような子ではなかったし、出て行く物音も全く聞かなかったので。いつのまに家を抜け出したのか——」

「他にご家族の方は?」

「娘と私の二人だけです。妻は六年前に亡くなりました。通いの家政婦がいますが、日曜日はいつも休みを取ります」

「はあ、なるほど。それで晴美さんが出て行っても気が付かなかったわけですね」

「うかつでした。しかし、私にはわからない。晴美は一体どういう状態で発見されたのです？」

「公園のベンチに腰掛けていたんですよ。それを朝方、犬の散歩に来た近所の人が見掛けて、不審に思って近付いたところ、すでに亡くなっているのに気が付いたわけです」

「ベンチに腰掛けていた？」

憲一郎はぎょっとしたように問い返した。

「そうです。足元には、空になった睡眠薬のびんが転がっていたし、そばには若い女性向きの自転車が停めてあったので、自転車で公園まで来て自殺したのかとも思ったのですが――」

「自殺なんてとんでもない。そんなことはありえません。晴美には自殺する動機なんて何もないはずだ。それに、それなら家の中でするはずでしょう？　わざわざ夜中に家を抜け出して、公園で薬を飲むなんて、そんな馬鹿なことをすると思いますか」

「たしかにおっしゃる通りです。我々も自殺の線は偽装だと思っています。自殺と考えるには、幾つか不審な点がありますので。解剖してみないと詳しいことは言えませんが、遺体に死斑の移動が見られるのですよ。つまり、亡くなったあとで、誰かが晴美さんの遺体を公園まで運んだとも考えられるんです。死亡推定時刻は、おそらく今朝がたの二時頃だと思うのですが、そのあとで死体と自転車を車にでも積んで運んだのでしょう。自転車は折り畳み式ですから、畳めばトランクの中に入ります。

それにもうひとつ。停めてあった自転車には鍵がかけてあったのですが、その鍵を晴美さんは身につけていなかったのです。もし自分で自転車に乗ってきたとしたら、当然、鍵は身につけているはずですからね」

「ということは、家を抜け出した晴美は、自転車で誰かに会いに行き、そこで睡眠薬を飲まされて殺されたということですか」

「まだ殺されたと断定はできませんが。ただ、晴美さんの死体を公園に運んで、あそこで自殺したように偽装した人物がいたことは確かです」

「どうして殺されたと断定できないんです?」

憲一郎は食ってかかるように聞いた。

「晴美さんがどこかで自殺して、かかわりになるのを恐れた人物が、死体を公園に遺棄したとも考えられます」

「それはありえませんよ。第一、睡眠薬を飲まされたということですが、飲んで死ぬほどの強い睡眠薬なら、ふつう薬局などでは手に入らないじゃありませんか。医師の処方箋がないと無理なんでしょう。むろん、うちにはそんな強い睡眠薬など置いてなかった。晴美が自殺したとしたら、どうやってそんなものを手に入れたというのです？　おかしいじゃありませんか」

「まあそれは調べて見ないことには何とも。それで、晴美さんには自殺するような動機はまったくなかったのですね」

「私の知る限りでは。西田さんの事件のことでショックは受けていたようですが、それが原因で自殺したなんて、いくらなんでも考えられません」

「まあ、十代の若い女性などの場合、大人から見るとこんなことでと思うようなことで発作的に自殺するケースもないわけじゃありませんがね。親しくしていた友達の突然の死にショックを受けて、後追い自殺をしたという例もあるくらいですから」

「しかし、晴美の場合それは考えられない。たしかに西田さんのことではショックを受けていたようですが、後追い自殺をするほど落ち込んでいたようには見えませんでした。それに——」

憲一郎は何かを思い出したような顔になった。

「なんです？」

「いや、気のせいかもしれませんが」

「なんでもおっしゃってみてください」

刑事は鋭く言った。

「昨夜、私がシャワーを浴びて戻ってくると、晴美がリビングで電話をかけていたのです。浴室を出たときに電話の鳴る音を聞いたから、どこからかかってきたのでしょう。私が入っていくと、晴美は慌てたように電話を切りました。その切り方が、なんとなく妙だなという気がしたのです。まるで話の内容を聞かせたくないような切り方だったので」

「それは何時頃です？」

「九時少し前です。そのあとで、晴美はもう休むと言って二階に上がったのです。今から思えば、あの電話をかけてきた人物が晴美を呼び出したのかもしれません。夜外出することなど私が許すはずがありませんから、私を油断させるために、もう寝るような振りをしたとも考えられます」

「その電話をかけてきたという人物ですが、心あたりは？」

「晴美は、クラスメートからだと言いましたが、私は信じませんでした。そのときは、おおかた佐久間君あたりだろうと見当をつけていたのですが」

「佐久間君？」

「晴美のボーイフレンドです。M大の学生なのですが。佐久間みさという晴美の同級生の兄なのです。妹を通して、半年ほど前から付き合っているようでした。一度、彼から電話がかかってきたときに、私がうるさく言ったものだから、それ以来、こそこそと隠すようになりました。ですから、そのときもてっきり――」

「佐久間なんというのですか」

刑事の目の色が変わった。

「たしか、佐久間宏と言ったと思います」

3

「向坂先生から電話ですよ」

庭で愛犬のロンとじゃれあっていた江島小雪は、祖母の喜美子に声をかけられた。テラスから家の中にはいると、祖母がはずしていった応接間の旧式の黒電話を取って耳にあてた。

「小雪さん?」

耳に飛び込んできた向坂典子の声はただならぬ気配に張り詰めていた。何かあった。

典子の声から咄嗟《とっさ》にそう直感した。

西田エリカを毒殺した犯人がわかったのだろうか。

「テレビのニュース見た?」

「いいえ」

「そう。じゃ、落ち着いて聞いてね。松木晴美さんが亡くなったの」

小雪は一瞬受話器を取り落としそうになった。いきなり用件から入るのは、あの典子らしいやり方だが、それにしても――

「松木さんが?」

ようやくそれだけ言った。西田エリカのことかと思っていただけに、不意打ちをくらって、しばらく思考停止の状態になってしまったのである。

「今朝、自宅近くの公園のベンチで死体になって発見されたというのよ」

典子は精一杯冷静になろうとつとめているような声で続ける。

「それ、どういうことですか」

小雪はすぐに典子の話が飲み込めなかった。

松木晴美？　自宅近くの公園？　死体？

「わからない。なにがなんだか、あたしにも。ただ、わかってるのは、死因が睡眠薬を飲みすぎたらしいことってくらい。考えがまとまらないのよ。頭が混乱してしまって」

「自殺――ってことですか」

「それがそうじゃないらしい。死んでから公園に運ばれたんじゃないかって」

「殺されたってことですか」

「だと思う」

「どうして、晴美が？」

「とにかく、あたしはこれから警察へ行ってこなくちゃ。まだ知らない人にはあなたから連絡してくれる？」

「はい。でも――」

そう言いかけたが、すでに電話は切れていた。ツーツーという機械音を聞きながら、小雪は受話器を元に戻した。

松木晴美が睡眠薬を飲み過ぎて死んだ？

ロジャース夫人役の松木が？

これは偶然の一致だろうか。

芝居の筋書では、マーストンが毒殺された翌朝、ベッドの中でロジャース夫人が睡眠薬を飲み過ぎて死んでいるのを発見されるのだ。

これではまるで――

小雪は恐ろしい予感に身震いした。

西田エリカの突然の死で、芝居は終わったと思っていた。誰もがそう思っていたはずだ。しかし、幕はまだおりてはいないとしたら？　この現実の世界で殺人劇の幕は、今まさに上がったばかりだとしたら？

4

「学生にしては良いマンションに住んでますね」

佐久間宏が借りているというマンションの建物を見上げながら、中野署の若い刑事は、ややいまいましげな口調で言った。

「今どき共同便所のついた汚い下宿に住もうなんて奇特な学生はおらんだろう」

年配の刑事が苦笑しながら言う。

「しかし、地方から出てきたならともかく、実家が都内にあるんだから、何もマンション借りなくてもよさそうなものなのに」

ロビーに入り、三階にある佐久間宏の部屋を訪ねるために、エレベーターに乗り込んだ。

「ここだったら、M大まで歩いて五分って距離だからな。近くて手頃なんだろう」

「贅沢ですよ」

ざっと調べたところでは、佐久間宏の実家は南大塚にあり、そのあたり一帯の地主とかで、相当の資産家のようだった。しかし、刑事たちの目を引いたのは、宏の母親が薬剤師で、薬局を経営しているという情報であった。

「実家が薬局をやっていたら、処方箋がなくては手に入らない強い睡眠薬でも、その気になれば手に入れることができるんじゃありませんかね」

「うむ。可能性はあるな」

「それに、このマンションだったら、松木晴美の家から、自転車で二十分くらいで来られるでしょう。どうも臭いますね」

「これで、佐久間が車でも持っていたら、たしかに臭うな」

三階でエレベーターを降りると、ちょうど訪ねようとしていた311号室のドアが開いて、二十歳を少し過ぎたくらいの、髪を肩まで伸ばしたジーンズ姿の青年が出てきた。

「失礼ですが、佐久間宏さんですか」

つっかけたスニーカーを身をかがめてはいているところを、年配の刑事の方が声をかけた。

「そうだけど」

青年はうさんくさそうな目付きでじろりと二人連れを見た。

「少しお時間をいただきたいんですが」

「誰だよ、おたくたち？」

警察手帳を見せると、佐久間宏はややひるんだような顔になった。

「なんか用？　これから学校行くんだけど」

露骨に迷惑そうな声になった。しかし、どことなく、目がきょろきょろと泳ぐような落ち着きのなさが見える。

「すぐ済みますから。松木晴美さんをご存じですね」

「ええ、まあ」

「今朝、晴美さんが亡くなったのをご存じですか」

宏の目が「えっ」というように大きく見開かれた。よく見ると眉の濃い目鼻立ちのはっきりとした顔立ちで、まあハンサムな方だろう。

「死んだ？」

「睡眠薬を飲み過ぎて、死体で発見されたんですよ」

「し、知りませんでした。今、起きたばかりなんで」

宏の口調が急におとなしいものになった。本当に知らなかったのか、演技をしているのか、どちらともわからない顔つきだ。

「そのことで、ちょっと伺いたいことがあるのですが、立ち話というのもなんですから」

そう言うと、宏はようやく気付いたように、閉じたばかりのドアを慌てて開き、部屋の中に刑事たちを通した。

1LDKの部屋は若い男の一人暮らしの割りには奇麗に片付いていた。ベッドだけが、今起きたという風にやや乱れているだけである。

刑事の目を引いたのは、壁にずらりと飾られた蝶の標本だった。

「ほう。これは見事なものですな。全部あなたが？」

「デパートで買ったわけじゃありませんよ」

宏は長い髪をかきあげながら答えた。

「これだけ集めるにはどのくらいかかるものなんでしょうかねえ」

「そういうことを聞きに来たんですか」

「いや」

刑事は咳ばらいした。

「昨夜はどちらに？」

「昨夜というと、何時頃のことです？」

宏は聞き直した。だいぶ落ち着いてきたようだ。顔には人を小ばかにしたような表情が浮かんでいる。

「十時以降ですが」

松木憲一郎の話から、晴美が家をこっそり抜け出して、このマンションに来たとしたら、そのくらいの時間帯だろうと見当をつけて、刑事は言った。

「ずいぶん漠然とした聞き方ですね。十時以降ならずっとここにいましたよ」

「一人で、ですか」

「そうです」

「外出はしなかったんですね？」

「してません」

「午後九時頃、松木さんの所に電話をかけましたか」

刑事は、壁掛け用のしゃれたオフホワイトの電話機を見ながらたずねた。

「電話？」

宏はキョトンとした顔をした。

「いいえ。かけてません」

「本当だろうな。嘘ついても調べればわかるんだよ」

若い方の刑事が凄んだ。年齢が近いせいか、この学生に反発するものがあるらしい。

「だったら、人に訊く前に調べてみろよ」

宏の方もむっとしたように乱暴な口調になった。

「ところで、あなた、車を持ってますか」

年配の刑事がとりなすように次の質問をした。

「持ってますよ。車種まで答えましょうか」

「こんなに大学に近いのに、車が必要なのかね」

若い刑事が独り言のように言うと、宏は、

「大きなお世話だよ」とけんもほろろの答え方をした。

「ねえ、どうしてそんなことを訊くんですか」

ベッドの端に腰掛けると、煙草を取り出して一本くわえた。

「さっき、晴美は睡眠薬を飲み過ぎたって言いませんでしたっけ？　ということは、自殺か事故死じゃないんですか」

「遺体が自宅で発見されたならそうなるでしょうが」

「違うんですか」

宏は煙草に火をつけるのも忘れた顔で聞き返した。

「自宅近くの公園で発見されたんですよ。どうも、夜こっそり自宅を抜け出して、どこかに行き、そこで睡眠薬を飲んだか飲まされたかして死んだのを、誰かの手によって公園まで運ばれた疑いがあるんです。そして、さもそこで自殺したかのように見せ掛けられた。お粗末なやり口でね」

「なんだ、そういうことか。その誰かが俺じゃないかと疑ってるわけだ。だったら、話は簡単ですよ。晴美はここへは来てません。その誰かさんは少なくとも俺じゃない。もしかしたら、西田エリカを殺した人物じゃないですか」

「西田？」

「昨日、天川学園で起きた事件を知らないわけじゃないでしょう？」

「ああ、あの芝居の最中に生徒が毒死したという？」

「死んだ西田エリカという生徒は、同じ演劇部で、晴美の友達だったんです。だから、ひょっとしたら、晴美はあの事件のことで何か知っていたのかもしれない。それで、それに気付いた犯人が口封じに晴美を呼び出して殺したとは考えられませんかね」

「つかぬことを伺いますが、その七夕祭にあなたは行ってましたか」

そう問われて、佐久間宏の顔がやや強張った。

「俺？　そりゃまあ、晴美からぜひ来てくれと言われてましたから」

「行ってたんですね？」

「行ってたからどうだって言うんです？　まさか、西田エリカを毒殺したのも俺だなんて言い出すんじゃないだろうね」

宏は顔を引き攣《つ》らせて笑った。


「どうですか、やつの感触は？」

佐久間宏のマンションを出ながら、若い刑事がたずねた。

「臭いな」

「自分もそう思います。ガールフレンドが殺されたと聞いても、驚いたような顔をしたのは最初だけで、あとはいけしゃあしゃあとしてたじゃありませんか。それに車を持ってるというし」

「うむ。しかし、それだけではまだ決め手にはならないな。動機も浮かんでこないし——ただ、やつの言う通り、今度の事件は昨日の西田エリカの毒死と何らかの拘わりがあることは確かだろうな」

「そうですね。昨日の今日ですから。大塚署と合同捜査ということになりそうですね——」

若い刑事はそう言いながら、何気なく、出て来たばかりのマンションを見上げた。三階の、311号室あたりの窓に、こちらを見下ろしているような人影が見えたかと思うと、さっと青いカーテンが引かれるのを見た。

5

「松木は殺されたんだって」

七月七日。放課後、向坂典子が演劇部の部室のドアのノブに手をかけようとすると、ドア越しにそんな声が耳に飛び込んできた。

「なんでもさ、どっかで致死量の睡眠薬飲まされて、死体を公園まで運ばれたんだって。さもそこで自殺したみたいに見せ掛けてあったんだってよ」

「致死量の睡眠薬なんて、どうやって飲ませたんだろ?」

「酒に混ぜたらしいよ。血液中からかなりのアルコールが検出されたとからしいから」

典子はつい入りそびれて、ノブにかけようとした手をひっこめると、その場に立ち尽くした。

どこの男子生徒がまぎれこんだのかと思われそうな会話だが、これがれっきとした名門女子校の女生徒たちの会話なのである。しかも、話しているのは、不良でもスケバンでもない。ごく普通の少女たちだ。バンカラ(こんな言葉は既に死語かもしれないが)な男子生徒の方がまだお上品かもしれないくらいだ。

この名門女子校の実態を知ったら、百年も続いた「花園」におめでたい幻想を抱いている男性など、ひっくりかえって腰抜かして再起不能になるかもしれない。

もっとも、この「花園」で六年間を過ごした典子には、今更驚くほどのことでもなかった。彼女自身、ほんの五、六年前までは彼女たちと五十歩百歩のところにいたのだから。

「それでさ、佐久間みさの兄貴が疑われてるらしいんだ」

「うっそー」

三、四人の黄色い声があがる。

情報を提供しているのは、あのハスキーな声からして、三年の砂川睦月に違いない。

「ほんとかよ?」

「間違いないよ。昨日、みさんところにマッポが調べに来たんだって。ちょうど、あそこの薬局でうちのおふくろが生理痛の薬買ってるときだったからさ、話、バッチリ聞いちゃったってわけ」

「あんたんとこのおふくろって、あの年でまだ生理なんかあんの?」

「あるんだよ、不思議なことに。それでさ、話もとにもどすと、睡眠薬のこと聞いてたらしい。もうおふくろのやつ、鬼の首でもとったような顔で近所中にしゃべくりまくってさ。暇もてあました主婦ってやつはどしがたいね」

「佐久間の兄貴ってさ、M大のやつでしょ。江口洋介にちょっと似てるっていう

――」

「げっ。どこが江口だよ。似てるとしたら髪のばしてるとこだけじゃんか」

「そういえば、晴美と付き合ってるって噂聞いたことある。あいつ、家から通学できるのに、わざわざマンション借りたのは、家だとオンナ連れ込めないからだってさ」

「七夕祭にも来てたよ。あたし、見掛けたもん。アホ面して歩いてた」

「ねえねえ、もしかしたら、西田を殺《や》ったのも、あいつじゃない?」

「まさか。なんで西田まで」

「わかんないけど、そんな気がする。だって、西田にもちょっかい出したって話、聞いたことある。それに、マーストン役の西田が青酸カリ飲んで死んで、ロジャース夫人役の松木が睡眠薬なんて、これ偶然の一致だと思う?」

「なに言いたいんだよ?」

「だからさ。もしかしたら――」

いつまでも立ち聞きしているわけにもいかないので、典子は思い切ってドアを開けた。

思い思いの恰好でだべっていた、四、五人の三年生がぎょっとしたような顔で一斉に振り返った。

スケバン裸足の恰好で、あぐらをかいて煙草をふかしていた砂川睦月など、咳こみながら慌てて、灰皿代わりにしていたウーロン茶の缶に吸いさしを突っ込んだ。

川合利恵がカバンから出した下敷でたち込めた煙をばたばたとあおぎながら、

「なんだ、先生か。びっくりさせないでよ。川口かと思った」

「いいかげんにしなさいよ、あんたたち。部室では禁煙だって何度言ったらわかるのよ」

「すいません」

「しゃれ言ってる場合か。江島さんは?」

「さあ。もう帰ったんちゃいます? 明日から期末だから。その準備で」

佐野圭子が冷淡な声で言った。この大阪生まれの東京育ちの娘は、ときどき奇怪な関西弁を操る。

「ひとごとみたいに言うけど、あなたたちだって明日から期末でしょうが。さっさと帰って準備しなくていいの?」

呆れてそう言うと、少女たちは互いの顔を見合わせて含み笑いをした。

「だってねえ、あたしたちはどうせエスカレーター組だもの。今さら頑張ったって。そのてん、江島さんはわざわざA大受けるらしいから、あたしたちとは違うんですよ」

砂川睦月が言う。どことなく刺《とげ》のある言い方だ。

「それに期末どころじゃないよねえ。可愛い後輩が二人も立て続けに殺されたっていうのに、平然と試験勉強なんかできる神経、疑っちゃうよね」

江島小雪がなんとなく演劇部の中で浮いた存在らしいということは、典子も前から薄々気が付いていた。部長を勤めているくらいだから、それなりの人望はあるのだろうが、同学年の子たちから、恭《うやうや》しく敬遠されているというか、小雪の方も彼女たちの中に溶け込もうとしないという印象は顧問になったときから持っていた。

そういえば、あの七夕祭の朝も、江島は一人で屋上にいた。おそらく、あのとき屋上で聞いた話、江島が両親の離婚をきっかけに横浜から移ってきたこと、中等部からトコロテン式に押し出されてきた生徒たちと違って、高等部から試験を受けてこの学校に来たことや、江島のハッキリと自分の個性をもった性格が、友情と馴れ合いの区別のつかない、ぬるま湯に浸かっているような少女たちの目にはうっとうしい異分子のように見えるのかもしれなかった。

「まだ殺されたってわけじゃないでしょ」

ついそう言うと、

「えー。それじゃ、西田の毒死や、松木の睡眠薬中毒が自殺か事故だって言うんですか。そんなはずないと思うけどな」

望月瑞穂が口をとがらせた。

「とにかく、そういうことは警察が調べてるんだから、なにもあなたたちがあれこれ言うことないじゃない」

「でも、あたしたちだって関係ありますよ」

浅岡和子が言った。はつか鼠のようなチマチマとした作りの顔がきまじめに引き締まった。

「だって、これってもしかしたら連続殺人じゃないでしょうか」

「連続殺人？」

典子はポカンとした。

「西田さんも松木さんも役がら通りの殺され方をしているんです。これ、偶然でしょうか。あたしはそうは思えません。もしかしたら、西田さんたちを殺した犯人は、これからも次々と――」

「馬鹿なこと言うんじゃないよ」

典子はピシャリと言った。

「でも」

和子は不満そうに鼻を鳴らした。

「じゃ、なに。次も芝居通りに誰か殺されるっていうの？」

「やられるとしたら、佐久間みさってことになるよね。三人めに殺されるのは、退役将軍マカーサーだもん」

と呑気な声で言ったのは望月瑞穂。

「方法は撲殺か」

「もう馬鹿なこと言わないのっ」

典子は思わず声を張り上げた。

「とにかく、もう帰りなさい」

向かっ腹をたてて、出て行こうとしたが、どうも浅岡の言ったことが気に掛かった。

典子自身、そのようなことをチラリと頭に浮かべなかったわけではなかったのである。しかし、あまりにも現実離れした思いつきなので、すぐに否定してしまったが。

「まさかとは思うけど、あなたたちも気を付けるのよ。夜、呼び出しの電話とかかかってきても、知り合いだからって安心して、家族に内緒で絶対に出て行かないこと。それから、何か不審なことがあったら、必ずあたしに報告すること。いい？」

「はあい」

少女たちは意外に素直にそう返事した。

しかし、部室のドアを後ろ手に閉めるや否や、

「ねえ話、変わるけどさ、秋野先輩から聞いたんだけど、ブルセラにここの制服売ったら、すっげえ金になったんだって」

そんな声が聞こえてきた。

「秋野先輩って、去年卒業した？　ほんと？　ね、いくらいくら」

「うちって名門じゃん。それに美少女が多いって有名じゃん。だから、他より良い値がつくらしいよ」

ボソボソと囁《ささや》く声。

「うっそー。あたしも来年売りとばそうっと」

「こんなもん、大事にとっといてもしょうがないもんね」

「あと、しみのついた下着とかさ」

「きゃー。卑猥。どこのバカがそんなもん買うんだ？」

「だから、中年のすけべおやじだよ。それとか、リカちゃん人形の股開いて喜んでるオタッキーとかさ。需要あっての供給だもんね」

「うちのおやじが買ったりして」

「写真見て、ぎゃっ、うちの娘だ」

「あと川口とかさ。隠れて買いそうな感じしない？」

「するする。部屋に鍵かけて、パンティ頭から被りそうな感じ」

典子はやれやれとかぶりを振った。ほんの五、六年前まで、自分もああして日々をすごしていたのかと思うと、なんだか溜息の出る思いがした。

可愛い後輩が殺されたのに呑気に試験勉強なんかしていられるかと言った口で、ブルセラショップの噂話をしているのだから、どちらの神経を疑うか知れたものではない。

しかし、このとき、典子は気が付いていなかった。自分の頭をかすめた疑惑が着々と現実のものになりつつあることを。そして、それに否応無しに巻き込まれていく彼女自身の運命を。

III　一人がそこに残って

1

「やはり同一犯の仕業でしょうか」

七月十一日。土曜日。大塚署の若手刑事、加古滋彦《かこしげひこ》は、行きつけの小料理屋のカウンターで、上司の皆川宗市《みながわそういち》の空になったグラスにビールを注ぎ足しながら言った。

「うーん。その可能性はあるが」

皆川はグラスから溢れる泡を口で受けてから唸った。

天川学園の七夕祭で起きた西田エリカの毒死事件から一週間がたとうとしていた。

翌日、松木晴美の死体が発見された時点で、二つの事件には関連ありと見て、中野署との合同捜査本部が設置され、捜査は進められていたが、今のところ、大きな収穫と言えるものは得ていなかった。

しいて言えば、松木晴美と付き合いがあったというM大生の佐久間宏が重要参考人として浮かび上がっているくらいである。

しかし、佐久間を犯人と断定するには、今ひとつ決め手に欠いていた。状況証拠は佐久間にきわめて不利だったが、佐久間のマンション及び、付近の住人をしらみ潰しにあたっても、七月五日の夜、松木晴美らしき少女が佐久間の部屋を訪れたことを裏付ける証言は何も得られていなかった。

それに、動機の点でも収穫と言える事実は出てきてはいない。

「少なくとも、西田エリカにしても松木晴美にしても、自殺という線はなさそうだな」

皆川は小鉢に盛られた枝豆を口に運びながら慎重な口ぶりで言った。

「そうですね」

加古は頷いた。下戸の彼の前にはトマトジュースのグラスが置いてある。

「西田の場合は、物理的には自分で青酸カリを入れたという可能性も捨て切れませんが、家族や友人にあたっても自殺するような動機が全く見当たらない点や、あの向坂という女性教師が言っていたように、よりにもよって芝居の最中に毒を飲むというのは解《げ》せませんね。そういうことをやりそうなエキセントリックな性格の生徒ではなかったようだし」

西田エリカは山の手の平凡なサラリーマンの家庭に育った三人きょうだいの末っ子で、警察が調べた限りでは、家庭からも学校からも自殺の動機になりそうなことは何も発見されていない。

「松木の方はもう完全に自殺の線はないと見ていいでしょうし」

加古はトマトジュースを飲みながら続けた。

解剖の結果、松木晴美は死んでから公園のベンチに運ばれたことが、死斑の表れ方等から見て、ほぼ断定されたのである。

「そうだな。自転車の鍵を身につけていなかったことや、自殺するのに、わざわざ家を抜け出して、公園のベンチに行くというのも、西田が芝居の最中に毒を飲むのと同じくらい不自然なやり方だしな」

「それに、睡眠薬を飲むのに、アルコールでというのも、十七歳の少女のやり方とは思えませんしね。誰かに睡眠薬入りのアルコールを飲まされたという方が納得がいきます。となると、やはり二人とも何者かに殺害された、それも状況を考えると、同一犯の可能性はきわめて高いということになるでしょうね」

「そうだなあ」

「皆川さんは佐久間が臭いと思いますか」

「俺かい？」

皆川は、小鬢《こびん》に白いものの目立つ、穏やかな顔を加古の方に振り向けた。

「どうなんです？」

「うむ。なんとも言えないな。臭いといえば臭いし、しかし、動機がはっきりしないからな。それに、佐久間が犯人だとしたら、西田を殺った青酸カリをどこで手に入れたのか――」

「それなんですが、佐久間の部屋には蝶の標本が沢山飾ってあったそうなんです。それもデパートで買ったものではなく、自分で採集したものらしい。つまり、彼には昆虫採集の趣味があったということです。昆虫採集のときに、取った昆虫を殺すために青酸カリを使うそうです」

「ほう。それなら、佐久間が前もって青酸カリを手に入れていたとも考えられるな」

皆川はさほど驚いた顔もしないで言った。

「松木晴美に飲ませた睡眠薬の方は、実家の薬局からくすねてきたとも考えられますし」

「しかし、母親はその点については否定しているんだろ？」

「肉親の言うことですから当てにはなりませんよ。息子をかばって嘘の証言をしているのかもしれません」

「うむ」

「だから、同一犯と考えれば、やはり佐久間宏が、今のところ一番限りなく黒に近いところにいるんです」

「うむ」

皆川はただ唸るだけだった。

「でも、皆川さんはそうは思ってないんじゃありませんか」

加古は思い切ったようにそう言って、反応をうかがうように、相手を見た。

「え？」

「ぼくはなんだか、皆川さんは佐久間は犯人じゃないと睨んでいるのではないかって気がしてるんですがね」

「なぜそう思うんだ？」

「いや、なんとなく。皆川さんて、『左手を見る人』だから」

加古はそう答えて、天然パーマの頭をがりがりと掻いた。

「なんだそれ？」

皆川は怪訝そうな顔をした。

「前からそう感じていたんですよ。この人は『左手を見る人』だなって」

「だからなんだよ、その左手を見るっていうのは」

「中学のときに手品に凝ったことがありましてね。友人にうまいやつがいて、そいつのやるのを見て病み付きになったんですが。手品ってのはですね、基本的に、右手の派手なアクションで観客の注意を奪っておいて、左手でこっそり仕込みをするんです。だから、手品の種を知りたかったら、手品師の右手じゃなくて、左手の方を注意しているとわかりやすいんです。でも、たいていの人は、手品師の演出に騙《だま》されて派手な動きをする右手に注意を奪われてしまう。だから、種が見破れない。それでも、時々、いるんですよ。じっと左手だけを見てる人物が」

「それが俺ってわけかい？」

皆川は苦笑するように頬をほころばせた。

「ええ。みんなが一斉にあるところを見ているときに、一人だけ、違うところをじっと見ている。そんな人のことを、ぼくはひそかに、『左手を見る人』と呼んでるんです」

回りくどい言い方をしているが、加古は、ようするに、皆川を「切れる人物」だと暗に言いたがっているのである。しかし、そう口に出すのは照れるし、言われた方も照れるだろうからと思って、こんな七面倒臭いたとえを用いたわけだ。

加古は皆川宗市を尊敬している。口に出して言ったことはないが、「この人は侮れない」という一目も二目も置く気持ちがある。

物腰も顔つきも、刑事らしい居丈高なところが微塵《みじん》もなくて、こうして料理屋のカウンターなどに背中を丸めて座っていれば、どう見ても、中小企業あたりの、万年係長くらいにしか見えない皆川だが、実は下手なキャリア組などには負けないくらいの頭脳の持主だということを加古は知っていた。

しかし、それだけに歯痒《はがゆ》くてしょうがないのだ。あれだけの頭脳を持ちながら、皆川には出世欲というものがまるでなさそうに見えることが。

皆川の身分は四十六で警部だが、その気になれば、大学など出ていなくても、もっと上の地位につける人物なのにと思う。しかし、そのことをほのめかすたびに、手を振って、「俺はこれでいいんだよ。これ以上のことは望んでいないし、あとは定年まで無事に勤めあげるだけだ」などと言う。

欲というものがまるでない。もっとも、皆川の一人娘の夕美から聞いた話では、若い頃からこれほど無欲というか無気力だったわけではないらしい。

皆川は若い頃、というより、ほんの五年ほど前までは、まさに仕事の鬼、出世欲の固まりのような人物だったというのだ。夕美に言わせれば、「出世欲、名誉欲、金銭欲の固まり。ガリガリ亡者。父だと思うだけで吐き気がする人」だったというのである。

そう言われても、皆川宗市という人物を知るようになって三年にしかならない加古には、そんな姿は想像もつかない。夕美の口から出た言葉でなかったら絶対に信じなかっただろう。

そんなガリガリ亡者から今のようになってしまった訳を聞いても、夕美はあの父親譲りの切れ長の美しい目をきらめかせて、ふふと意味ありげに笑い、「そのうち話してあげる」と言うだけだった。

五年前といえば、ちょうどその頃、皆川の妻が亡くなったということは聞いたことがある。それも、尋常な死に方（死に方に尋常とか異常があるとすればだが）ではなかったらしいことも。自殺に近い死に方だったそうだ。皆川の人格が変わったとしたら、そのへんに何か理由があるという気はしていた。

しかし、なんだかんだと言っても、加古が皆川に好感を抱いたのは、まさにその無欲な好人物ぶりにあるわけで、もし皆川が、以前の彼がそうだったというような、出世欲丸だしの攻撃的な人物だったら、こんな風に肩を並べて小料理屋のカウンターに座るということはなかったかもしれない。

さらに、加古が皆川にひそかに抱いた尊敬の念が伝わったように、皆川の方も加古に好意を持ってくれ、自分の家に招いて、娘の手料理を食べさせるなんてこともなかったに違いない。

そうすれば、加古が父親に抱いた以上の好意を、今年二十《はたち》になる、その一人娘に抱くこともなかったわけで、そうなってしまったことで、こんなに悩むはめにもならなかっただろう。何がよくて悪いかは、過ぎてみないとつくづくわからないものだ。

そうだ。今、加古滋彦の頭には、仕事のことが半分、皆川夕美とのことが半分という割合で占められている。他のことなど入りこむ隙もないほどに。

非番のときなど、夕美と示し合わせてデートを重ねていることは、皆川にはまだ話していない。夕美の方も内緒にしているようだ。付き合いはじめて半年近くになるし、折をみて言い出そうと思いながら、つい言いそびれていた。

遊び半分で付き合っているわけではなかったし、将来のことをちゃんと考えたうえで交際しているつもりだったから、やましいことは何もない。むしろ、加古の中では、夕美が今通っている短大を卒業したら、正式にという考えがかなり煮詰まっている。

ついせんだっても、見合いの話を持ってきた郷里の母親に、もう決めた人がいるからと断ったばかりなのだ。だから、もうそろそろ交際している事実だけは皆川に伝えておかないといけないと思いながら、いざとなると、やはり切り出しにくかった。

それというのも、日ごろから、ことあるごとに、皆川が、「娘は刑事にだけは嫁がせない」と口癖のように言っているからだった。

「まあ、たしかに佐久間が犯人とは思えないという感じは持っている。今のところ、勘としか言いようがないが」

しばらく黙っていたあとで、皆川がポツリとそう言ったので、加古は自分の夢想からはっとさめた。

「そうですか、やっぱり」

「ただ、おまえさんの言葉を借りると、たしかに右手からは目をそらしているが、まだ見るべき左手は見付けていないというところだけどな。で、おまえの方はどうなんだ？」

「え。なにがですか」

頭の半分で夕美のことを考えていた加古はぎょっとしたように聞き返した。一瞬、どちらの話をしているのだろうと頭が混乱したからだ。

「なにがって、今度の事件のことに決まってるじゃないか」

「ああ、そうでした。そうですね。ぼくは、実をいうと、ここだけの話にしておきたいような、非現実的なことを考えているんです」

「どんな？」

皆川は興味をもったように、わずかに目を光らせた。

「笑いませんか」

「そりゃ聞いてみないとわからないな」

皆川はブスリと言った。

「犯人は見立ての見立てをするつもりじゃないかって気がするんですよ……」

加古は自信なさそうに小声になった。

「見立ての見立て？」

皆川は眉をひそめた。

「いや、その、あくまでもここだけの話ってことで聞いてください」

「そんなことは言われなくてもわかってる。で、なんだ、その見立ての見立てって？」

「アガサ・クリスティの『そして誰もいなくなった』というのは、十人のインディアンのことを歌った童謡に見立てて、孤島に集まった人たちが一人ずつ殺されていくという話ですよね」

「原作の方は読んでないが、向坂という女教師が作ったという台本ではそうなっていたな」

皆川はそう相槌をうった。

「そのクリスティの小説に見立てて、それを芝居にしようとした天川学園の演劇部員たちが、自分の役がら通りの殺され方をしていったとしたら、これは見立ての見立てということになりませんか」

「おいおい。まさか、西田や松木を殺した犯人は、二人だけでは飽き足らず、これからも次々と、演劇部員たちをその見立てとやらで殺していくなんて言い出すんじゃないだろうな?」

「いやあ、実は、そう言い出そうかなと」

加古は頭をかいた。やっぱり言わない方がよかったかな。

「だって、西田はマーストン役、松木はロジャース夫人役でしたよね。あの台本によると、ロジャース夫人は、マーストンの次に睡眠薬を多量に飲まされて殺されることになっていたんです。そのロジャース夫人役をやるはずだった松木晴美が、やはり睡眠薬を致死量飲まされて殺された。これは偶然の一致でしょうか。もし、同一犯だとしたら、そいつの狙いは、天川学園の演劇部員たちを、その役がら通りに殺していくことにあるんじゃないかと——」

「だとしたら、次に殺されるのは——」

皆川は思い出すような目をした。

「えーと、たしか、退役将軍か何かですよ。誰がやるはずだったか忘れましたが」

「ま、なんにせよ、おまえさんの思い付きは、ここだけの話にしておいた方がよさそうだな」

皆川は馬鹿馬鹿しいというようにそう言った。

「ぼくもそう思います」

加古も素直に認めた。べつに本気で考えていたわけではなかったのだ。もっとも、このとき、この思い付きをもっと本気になって考えていたらと、彼はあとになって悔やむことになるのだが。

「さてと、おおもうこんな時間か。そろそろみこしを上げるとするか」

皆川は腕時計を見ると、グラスのビールを飲み干して、立ち上がりかけた。

「あ、あの」

加古は慌てて言った。

「なんだ？」

「実は、ちょっとお話が」

ゴクリと唾を飲み込んだ。

「話？」

皆川は怪訝そうな顔のまま座り直した。しかし、いざとなると、加古の方は、

「あの……」

と言ったきり、次が出てこない。どう切り出せばいいのか。下手な言いかたをしようものなら、皆川の逆鱗《げきりん》に触れかねない。ふだん温厚そうに見える人物ほど、怒ったときは手におえなくなるものだ。

「なんだよ。早く言えよ」

「その、ゆ、夕美さん」

「夕美がどうした？」

面と向かって、どうしたと問われると、また言葉に詰まってしまった。

「お元気ですか」

舌をかみ切りたい思いで、加古はついそう言ってしまった。

皆川は気の抜けたような顔をした。

「ああ元気だよ。そういえば、最近、加古さんはみえないのねって、今朝も出がけに言ってたっけ」

「はあ」

「で、話って？」

「いやあ、それだけです」

オーマイゴッド！

「変なやつだなあ。それだけのことを言うのに、青ざめることないだろう」

「いやあ、ちょっと酔ったかな」

「トマトジュースにか？」

「…………」

「ま、そのうち、この事件が片付いたら、うちに遊びに来いよ」

「はあ」

「今度の事件はすぐに片が付くよ。そんな気がする」

皆川は立ち上がると、笑いながら、しょぼんとしている加古滋彦の肩をたたいた。

しかし、この皆川宗市の勘はみごとにはずれたのである。

2

七月十二日。日曜日。午後十時。

リビングルームの電話が鳴ったとき、向坂典子は大学時代の友人と食事をして帰ってきたところだった。シャワーを浴びようと、サマーセーターを脱ぎかけたときに電話が鳴ったのである。

典子の実家は杉並にあったが、天川学園に近い、このマンションを借りて一人で住んでいる。

コードレスの受話器を取ると、年配の女性の声で、

「佐久間みさの母ですが、娘はもう帰りましたでしょうか」

といきなり言われた。

一瞬、典子は相手の言っていることが理解できなかった。

「は？」

と聞き返すと、

「まだそちらにお邪魔してるのでしょうか」

と重ねて訊く。

「あの、佐久間さんはわたしの所へ来ると言って家を出たのですか」

ようやく話が飲み込めて、そう訊き返すと、佐久間みさの母親は、

「明日の英語の試験の範囲のなかでわからないところがあるから、向坂先生に聞いてくると言って出掛けたんです。それなのに、いつまでたっても――」

典子はしばらく声が出なかった。

典子のマンションとみさの家が割合近いということと、演劇部の顧問という関係で、今までにも佐久間みさは二度ほど遊びに来たことがあった。

「佐久間さんは来ていませんよ。それにわたしは午後からずっと出掛けていて、今帰ってきたばかりなんです」

そう言うと、受話器の向こうで、「えっ」とたまげたような母親の声がした。

「そんなはずはありません。みさは向坂先生のところに行くとハッキリ言って家を出たのですから。留守だとわかったらすぐに帰ってくるはずじゃありませんか」

「家を出たのは何時頃ですか」

「夕食のあとすぐですから、七時頃です。自転車で」

佐久間みさの家から、典子のマンションまでは、歩けば三十分くらいかかるが、自転車なら十分足らずでこられる。

典子は嫌な胸騒ぎがした。

佐久間みさはここに来たのかもしれない。典子が留守なのを知って、すぐに家へは帰らず、どこかへ回ったのだろうか。

それとも——

「ど、どういうことなんでしょう?」

母親のうろたえたような声。

「わかりません。わたしが留守だったので、どこかへ回ったのか、あるいは、わたしの所へ行くというのは最初から口実だったたか」

「そんな」

「それで、警察へは知らせましたか」

「い、いいえ」

とんでもないという口調で母親は言った。

「知らせた方がいいと思います。まさかとは思いますが、西田さんや松木さんのこともありますから」

「それじゃ、うちのみさも——」

「とにかくわたしもすぐにそちらに行きますから」

典子はそう言うなり電話を切った。

3

ひと風呂浴びて、浴衣姿で茶の間に入ってくると、

「お父さん。加古さんから電話」

と、受話器を持ったまま娘の夕美が言った。

渡された受話器を耳にあてるや否や、

「皆川さん、大変です」

と飛び込んできた加古滋彦の声がやや上ずっている。

「どうした」

「天川学園の生徒が行方不明になりました」

「なに。誰だ？」

「演劇部の佐久間みさです。七時ころ、顧問の教師のマンションに行くと言って家を出たきり戻らないと家族から連絡がはいったんです」

皆川は反射的に茶の間の柱時計を見た。十時半をすぎている。

「わかった。すぐに行く」

そう言って電話を切ろうとすると、

「まさかと思って例の台本を見てみたら、佐久間みさは、マカーサー役です。三番目に殺される退役将軍の役をしていた子なんです。もう偶然とは言い切れませんよ――」

「まだ死体が発見されたってわけじゃないだろう。行方不明っていうのも、親が早トチリをして騒いでるだけかもしれないじゃないか」

「そりゃそうですが」

「見立て殺人なんかであるはずがない」

皆川はガチャンと電話を切った。しかし、電話を切ったあとも、そう言う自分の声に何か白々しいものを感じた。

皆川はこの事件をもっと単純なものだと確信していた。彼なりに事件の輪郭をつかみかけていたところだった。クリスティの『そして誰もいなくなった』に見立てた連続殺人などとは頭から信じていない。そんな小説じみた馬鹿げたことが現実に起こるわけがない。そう確信していた。

しかし、もしここで、佐久間みさの死体が発見されれば、しかも、その殺され方が撲殺だとしたら、自分の考えが間違っていたことになる。

いや、そんなはずはない。

佐久間みさはきっと、顧問の教師のマンションに行くと嘘をついて、どこかで遊んでいるのだ。ディスコかボーイフレンドの所か、とにかく親には言えないような所で。そのうち、ひょっこり帰ってくるに違いない。

そうだ。そうに決まっている。

「タクシー呼びます？」

浴衣を脱いでいると、夕美がきびきびとした動作でワイシャツと背広とズボンを出してきて、そうたずねた。

答える前に、心得顔でもう電話のダイヤルを回している。

こんなときの表情や仕草が亡くなった妻によく似てきたことに気が付いて、皆川は着替える手を一瞬とめた。

妻の幸子が生きていた頃の夕美は、父親が夜遅く、こんな緊急の連絡を受けて出掛けていくときなど、横目で見ながら、露骨に嫌な顔をしていたものだ。何も言わず、プイと二階にあがってしまったこともある。そのあと、必ず内心の怒りをぶつけるような激しいロックの音が聞こえてきた。

そんな娘が、今まるで妻そっくりの目をして、妻そっくりのことを当然のことのようにやっている。

皆川は、ふと、妻が亡くなってからの五年間のことを思い出し、ある種の感慨を抱かずにはいられなかった。

4

佐久間みさの遺体は、七月十四日、火曜日の早朝、自宅近くの雑木林から発見された。

死亡推定時刻は、十二日の午後八時から零時にかけて。遺体が発見された場所は、家族の連絡で、十二日の夜、警察の手で一度捜索されていた。そのときには何もなかったことから、みさはどこか別の所で殺害され、十三日の深夜にそこまで運ばれたものと思われた。

死因は、後頭部を鈍器で殴られたことによる脳内出血だった。

IV

一人が自分を真っ二つに割って

1

七月十四日。

佐久間みさの遺体発見のニュースは瞬《また》く間に広がって、天川学園は、その話題でまさに蜂の巣をつついたような有り様だった。

期末試験の最終日で、明日からは試験休み、すなわち実質的な夏休みに入るということもあって、午前中で試験が終わっても、まっすぐ下校しない生徒の姿が目につく。

向坂典子は窓際の自分の席で、机の上に答案用紙の束を置いて、指に赤ペンをはさんだまま、採点するのも忘れて、ボンヤリと頰杖をついていた。

西田エリカの毒死。松木晴美の睡眠薬中毒死。そして今度の佐久間みさの死。何もかもが現実のこととは思えない。悪夢の中のできごとのようだった。

職員室では、古参の教師たちの間で、「よりにもよって、天川学園開校百年を祝うめでたい年に、こんな前代未聞の不祥事を引き起こしたのも、もとはといえば、向坂先生があんな殺人劇を七夕祭に上演しようと言い出したことに原因がある」と、典子の責任を追及する声が聞こえよがしにささやかれていた。

典子はそんな中傷の声など聞こえぬ振りをしていたが、実は、机の引き出しの中には、いざとなったら、校長に突き付けるつもりでしたためてきた辞表が入っている。

こんな学校、いつでもやめてやる。昨夜そう肚《はら》を決めたのである。まるでヤクザが懐にドスをしのばせて敵陣に乗り込むような心境だった。

頬杖をついたまま、ふと人の視線を感じて目を見上げると、自分の方をじっと見ている数学教師の高城康之と目があった。高城の目は無言で、「負けるな」と言っているような気がした。

七夕祭に『そして誰もいなくなった』を上演したいという企画を職員会議にかけたとき、殺人劇などもってのほかという意見が多かったなかで、真っ先に典子の側についてくれたのが、この高城だった。

無口でモッサリとした高城は、天川学園では数少ない独身の男性教師にもかかわらず、生徒の人気は低く、教師としてもあまり評価されていない。本人も生活のために仕方なくやっているという風を隠す気もないらしく、職員室にいるよりも研究室にいる方が多いせいか、いるんだかいないんだかわからないような影の薄い存在だが、典子には何かと親切にしてくれる。

この人、わたしのことが好きなのかもしれないな。

美人で若いという自惚《うぬぼ》れも手伝って、典子は高城の好意をそんな風に受け取っていた。

もっとも生徒の間では、高城が三十過ぎても独身で、恵比寿の古い家に母親と二人きりで暮らしているのは、マザコンかホモかロリコンだからに違いないという噂がまことしやかに広がっている。

どうせ根も葉もない噂にすぎないだろうが、どちらにせよ、既に将来を約束した恋人がいる典子には、高城の存在が心に入りこむ余地は全くなかった。

気を取り直したように赤ペンを握り直すと、典子は英語の答案の採点をはじめた。

しばらくそれに集中していると、「向坂先生」と声をかけられた。

顔をあげると、清水という事務室の職員が立っていて、「警察が来て、先生に聞きたいことがあるそうです。至急応接室まで行ってください」と事務的な声で言った。

2

向坂典子が応接室に入って行くと、見覚えのある二人の刑事がソファに座って、出されたお茶を啜っていた。小鬢に白いものが目立つ中年男の方は、たしか皆川とかいう警部で、もう一人は天然パーマの若い刑事だった。

「たびたびお世話をかけます」

皆川は典子の姿を見ると、すぐに立ち上がって挨拶した。若い刑事の方も糸で操られているようなぎくしゃくとした仕草で同じことをする。

「何か？」

典子はソファに座ると、口には出さずにそんな目付きで目の前の刑事を見た。

「実は――」

皆川は座り直すと、言いにくそうに口火をきった。

「佐久間みささんの遺体が今朝発見されたのですが」

「はい、ぞんじております」

典子はまっすぐ刑事の顔を見詰めたまま、そう答えた。

「死因は撲殺だと聞きましたが、本当ですか」

皆川が頷いた。典子は身を乗り出して続ける。

「佐久間さんはマカーサー将軍役でした。芝居の中ではマカーサーは三番目に撲殺されるのです。やはり、犯人は、『そして誰もいなくなった』の台本通りに、演劇部の生徒たちを殺しているということでしょうか」

「三人も続けてとなると、偶然の一致とは考えにくくなってきました。まだ同一犯と断定したわけではありませんが、その可能性は高いかもしれません。いずれにせよ、犯人が例の芝居の台本を読んでいたことは確かです。それで、その台本のことですが、先生がお書きになったそうですね」

「はい」

典子は唇をかみしめたまま頷いた。

「配役も先生がお決めになったんですか」

「ええ」

「あの台本を読むことができたのは――」

皆川が言いかけたことを典子は先まわりして答えた。

「その気になれば、学校関係者なら、誰でも読むことができたと思います。刷り上がってきたときに、校長をはじめ何人かの先生に配りましたし、当然、演劇部員には全員渡しましたから、家族や友人だったら、難なく手に入れることができたでしょう」

「なるほど」

皆川は手帳を取り出してなにやらメモっていた。

「あの、それで、犯人の目星はまだついていないのですか」

典子はきっと睨むように皆川を見た。

「それがまだ——」

皆川は咳ばらいした。

「佐久間宏という大学生が容疑者として調べられているという話を耳にしたことがあるのですが、本当でしょうか」

いつだったか、部室で三年生の会話を立ち聞きしたことを思い出して、聞いてみた。

「どこからそんなことを？」

皆川の穏やかそうな目が一瞬光った。

「噂です。生徒たちが噂しているのを聞いただけです。どうなんでしょう？」

「まあ、その点に関しては、今のところ、なんとも言えませんね」

皆川は否定もせず、お茶を濁した。

「ただ、今回の被害者がその佐久間宏の実の妹だということと、被害者の頭の傷から考えて、犯人は左利きらしいということから、どうも――」

「左利き？」

典子はぎょっとしたように聞き返した。

「犯人は左利きなんですか」

「いや、あくまでも、その可能性が高いというだけですが。それがなにか？」

女教師の様子に何か不審なものを感じたのか、皆川は鋭い目になって言った。

「い、いいえ。別に」

典子はぼんやりとした顔で首を振った。

「しかし、佐久間宏という大学生は右利きなんですよ」

皆川は典子の顔から目を離さずに続けた。

「でも――」

典子は考えこみながら言った。

「右利き左利きといっても、はたから見ただけではわからないところがあるんじゃないでしょうか。生まれつきは左利きでも、矯正された結果、日常生活は右利きのように見せているという人も少なくありませんから」

「それはそうですね――」

皆川はちょっと笑った。

「ところで、あの自転車はどうなったんですか」

典子はいきなり言った。

「自転車？」

皆川が面くらったように問い返す。

「佐久間みさが家を出るときに乗って行ったという自転車です。遺体と一緒に発見されたのですか。松木晴美のときのように」

「いや、自転車の方は、大塚駅そばの駐輪場から発見されました」

「大塚駅のそばというと、それじゃ、佐久間みさは山手線に乗ってどこかに行くために、自転車を乗り捨てたということでしょうか」

「どうもそのようです。あなたのマンションを訪ねたが留守だったので、思い直してどこかに行こうとしたか、あるいは、最初からそこへ行くつもりで、親にはあなたのところに行くと言って嘘をついたのかはわかりませんが、山手線を利用したことは十分考えられます。むろん、被害者の足取りについては、もっか捜査中ですが」

「とにかく、犯人は車を持っていて、しかも、松木や佐久間と顔見知りの人間ということですね。そして左利きの可能性が高い」

典子は頭の中を整理するように繰り返した。

「そうですね。遺体を運ぶにはどうしても車は必要でしょう。いちいちレンタカーを借りたというのも考えにくいので、おそらく自家用車を持った人物でしょう。それに、事件の性格から見て、行きずりの犯行という線はまずありません。ここの演劇部員ばかり狙われているところを見ると、犯人は、演劇部員たちの近くにいて、なんらかの恨みを抱いている人物のようにも思えるのですが、先生から見て、そんな人間に心あたりはありませんか」

皆川は口調はソフトだが、目付きだけは刺すような鋭さでたずねた。

「いいえ。わたしには何も。何も心あたりがありません」

しばらく考えた末に向坂典子は力なくかぶりを振った。

3

応接室から出て職員室に戻ってくると、机の上にメモが置かれていた。

『お話ししたいことがあります。部室で待ってます。江島小雪』とある。

小雪が？

典子は椅子を温める暇もなく、ふたたび職員室を出た。

部室に入ると、江島小雪はボンヤリとした表情で窓の外を見ていた。窓の外には、ひとむらの向日葵《ひまわり》の黄色が風に揺れている。

典子の気配に、小雪は振り返った。紺色のヘアバンドで止めたセミロングの髪が白いセーラー服の襟の上でふわりと風にゆらいだ。

「話ってなあに？」

「実は、もっと早くにお話ししなくちゃいけなかったんですけど」

小雪は言った。

「誰に相談していいかわからなくて」

「わたしでいいなら、なんでも聞くわよ」

典子は小雪のそばに寄って行った。小雪に接していると、なぜか優しい気持ちになる。姉のような気分とでもいおうか。生徒というより、もっと親しい何かを感じるのだ。

「松木晴美のことなんです」

「松木？」

「七夕祭のとき、実は、松木先生の講演を途中で抜け出して、あたし、ここに来てたんです」

「何時ころ？」

典子は驚いたように聞いた。

「十一時頃です。芝居のことが気になって、もう一度セリフの稽古しようと思って。それで、外から回って、そこのフランス窓から入ったんです。そのとき、ガラス越しに、誰かが出ていくのを見たんです。見たといっても、その人の姿を見たわけじゃなくて、ドアが閉まるのを見ただけですけど」

「どうして、それを早く言わなかったの」

典子は少し声を高くした。

「もしかしたら、それは犯人だったかも――」

「あたしもそう思いました。でも、なんとなく言いそびれて。でも、その人を見たのはわたしだけじゃなかったんです。松木晴美も見たはずなんです。見たどころか擦れ違ったはずなんです」

「どういうこと？」

典子は話が飲み込めないというような顔をした。

「わたしがここに来て、少ししたら、松木晴美もそっちのドアから入ってきたんです」

「え。じゃあ、松木もあの日ここに来てたの？」

「はい。喉が乾いたんで部室の冷蔵庫のジュースを飲みに来たと言ってました」

「でも、あの子、そんなこと何も言ってなかったじゃない」

「たぶん、彼女も言いそびれたんだと思います。それとも――」

小雪は何か言いかけたがやめた。

典子はしばらく頬に片手をあてて、考えこんでいたが、

「もし、あなたの見たのが犯人だとしたら、松木もその犯人を見たはずだということ

ね？」

「ええ。彼女の場合は、廊下で擦れ違ったはずですから、それこそ真正面からその人の顔を見たはずです」

「どうして何も言わなかったのかしら」

「それがわたしにもわからないんです」

「でも、あなたが見たのが犯人だとは限らないよね。誰か他の部員だったかもしれないでしょう。だったら松木も怪しまなかっただろうし」

典子は考え直したように言った。

「でも、あのとき、冷蔵庫のドアが少し開いていたんです」

小雪はそう言って、典子の顔を見詰めた。

4

「向坂さん」

その日の午後五時すぎ。正門のところで、典子は背後から声をかけられた。振り向くと、駐車場に停まっていたえんじ色の車から、高城康之が顔を出している。

「今お帰りですか。送りますよ」

助手席のドアがあいた。

典子は立ち止まったまま、一瞬ためらった。

「どうぞ」

「ええでも。近いですから」

高城がここで自分が出てくるまで待っていたのではないかという気がして、かすかなうっとうしさを感じながら、典子は胸のあたりで小さく手を振った。

「※※マンションでしたね。どうせ通り道ですから。どうぞ」

口調はモッサリしているが強引だった。これ以上断る口実もないので、典子は仕方なく助手席に乗り込んだ。マンションまでは歩いて十二、三分くらいだったが、車ならあっという間だろう。

中は蒸し暑く、高城は今まで煙草をすっていたらしく、むっとヤニ臭い匂いがした。典子は軽い吐き気を感じた。もっとも、この吐き気は煙草の臭いだけが原因ではないかもしれない。最近、この手の吐き気にはよく襲われるのだ。典子には心あたりがあるので、もしかしたらという危惧が脳裏を走った。

「さっき、刑事が来ていたでしょう？」

高城は正門を出ながら、そうたずねてきた。

「ええ」

典子はバッグの中からハンカチを取り出して、それで汗を拭く振りをして、鼻を押さえた。

「佐久間みさのことですね」

「ええまあ」

「犯人の目星はついているようでしたか」

「いいえ。まだみたいです」

「警察も頼りないな。しかし、先生も大変ですね。べつにあなたに責任はないのに」

「でも少し後悔してます。わたしがあの芝居をやろうと言い出さなければ、こんな事件は起きなかったんじゃないかと思うと」

「だめですよ。後悔なんかしちゃ。あなたには関係ないんだから。それに、そんなことをおっしゃると、あなたの意見に真っ先に賛成したぼくの立場がないじゃありませんか」

高城はかすかに笑った。車は妙にのろのろしたスピードで走っている。

「いえ、そんな意味では。あ、そこの角を――」

「わかってます。右ですね」

高城はさっさと右折の表示を出して曲がった。

典子は驚いて、ちらと目だけ動かして高城を見た。どうして知っているのだろう。

そういえば、さっきもマンションの名前を知っていた。

またうっとうしい気分になった。

べつに高城康之が嫌いなわけではなかった。あの芝居のことで、自分の味方になってくれたときには、鼻息があらいのは表向きだけで、内心は孤立無援の状態で泣きたい気持ちでいた典子には、日頃は影の薄いこの男が頼もしい救世主のように見えたくらいである。その後も何かと力になってくれたことに、感謝こそすれ、悪い感情など抱いたことはなかった。

しかし……

しかし、そうした高城の好意が仕事を離れた個人的なもの、つまり、典子個人への性的な興味から出たものではないかと思いあたると、急にこの男性教師の存在がうとましいものになってきたのである。

典子がこんな風に思うのも、いちがいに自惚れているとは言い切れないものがあった。実際に、学生時代から、何かと親切心をちらつかせて優しげな表情で近付いてくる男には、それなりの下心があるということを、彼女は嫌というほど身をもって経験していたからだ。

高城の横顔を目の隅でとらえながら、この男が生徒たちに人気がないのもわかるような気がするな、と典子は冷やかに思った。

けっして醜男《ぶおとこ》ではない。顔立ちそのものはむしろ端正な方かもしれない。しかし、なんとなく全体に野暮ったいというか、暗いのだ。ワイシャツの襟首が汚れているわけでもないのに、汚れているような印象を受けるというか。

「あの、こちらの方に来たことあるんですか」

少し沈黙が続いたので、今度は典子の方から話しかけた。

「ぼくですか」

高城は左折しながら言った。典子はもう道順を説明する必要はなかった。明らかに高城は典子の住んでいるマンションを知っている。

「道順知ってらっしゃるみたいだから」

「ああ、そういうことですか」

高城は取ってつけたような笑い方をした。

「あなたに興味があるんで調べたんです――」

典子は思わず身をかたくした。

「と言いたいところですが、実は、大学時代の友人が住んでいたんですよ。今あなたが借りているマンションに」

高城は軽い調子でいなした。

本当かしら。

典子は横目で運転手を見た。

「時々、遊びに行ったことあるから。それで覚えているんですよ」

「なんて方ですか。わたしの知ってる人かもしれません」

少々意地の悪い気持ちでそう聞いてみた。

「鈴木です。もう引っ越しましたけどね」

高城はさりげなく言った。

鈴木ねえ。

そうこうしているうちに、そのマンションの赤煉瓦の建物が見えてきた。

「あ、ここで結構です。どうもありがとうございました」

典子はシートベルトをはずすと、そそくさと降りるそぶりを見せた。

しかし、高城はすぐに車を停めず、相変わらずのろのろと走らせて、マンションの正面玄関までやって来た。

「どうも」

と言って、典子が降りようとすると、

「あの――」

と口ごもりながら、そわそわとした。

「もしよかったら、どこかそのへんでお茶でも」

来たなと思いながら、それでも笑顔を作り、

「ごめんなさい。まだ採点しなくちゃならない答案が残っているので。またの機会に」

「ああそうですか。それじゃまた――」

がっかりしたような表情で言う。典子は笑みを顔にはりつかせたまま、バタンとドアを思いきり閉めた。

そして振り向きもせず、さっさとマンションの中に入ってしまった。ロビーに並んだ郵便箱を覗くふりをして、外を窺うと、高城の車が渋々というように（典子の目にはそう見えた）バックしているのが見えた。

やれやれ。

郵便物を抱えながら、溜息をつくと、エレベーターのボタンを押した。

5

玄関のチャイムが鳴ったのは、典子が部屋に帰って十分くらいしてからだった。エアコンを入れ、麻のスーツを脱いで、Tシャツとジーンズの短パンに着替え、ソファに座り、冷蔵庫から出してきた缶ビールのプルトップを引き抜いたときである。

ドアを開けて唖然とした。

帰ったとばかり思った高城康之がばつの悪そうな顔で立っていたからだ。

「あ」

「どうもすみません。やっぱりどうしても話したいことがあって。ご迷惑かとは思ったんですが」

高城は伏し目がちに、目にかぶさりそうな髪を手でかきあげながら言う。

「まあ、どうぞ」

典子は仕方なくドアを開いた。

帰るとみせたのは芝居だったのか、それとも途中で本当に気が変わったのか。

なんとなくペテンにかけられたような不快感をおぼえながら、それでも、作り笑顔で高城を中に入れた。

「やっぱり女性の部屋って違いますね。花の匂いがする」

高城はリビングに入ると、目を細めて眩しそうな顔であたりを見回した。

「部屋コロンの匂いですよ」

典子はそっけなく言って、ソファに座るように促した。

「あの、ビールでも？」

テーブルの上に置いた自分の飲みかけに気が付いて、そうたずねると、高城は手を振って、

「いや、車ですから」と断った。

「ああそうでしたね」

相手が妙に緊張しているようなので、そんな気分が伝染してしまったのか、典子の方もぎこちなく笑いながら、「それじゃ、コーヒーでもいれましょうか」

「戴きます」

高城は膝を揃えて、いささか窮屈そうな姿勢でソファに座り、もの珍しそうな顔で部屋の中を見回している。

「なかなか良い部屋ですね。ここだったら通勤にも便利だし。でも、たしか向坂さんはご実家は都内なんでしょう？」

「ええ、杉並なんです。はじめのうちは実家から通っていたんですけど、少しでも朝寝坊していられるように、ここを借りたんです」

典子はキッチンにたって、ケトルに水を入れながら言った。

「羨ましいな。ぼくなんかも、朝は一分でも布団のなかにいたい方なんですが、いつ

も母にたたきおこされるんですよ」

「お母さまと二人暮らしなんですか」

典子はガスに火をつけながら、たいして興味もなく聞いた。

「ええ、まあ」

「ご結婚は？」

「いやあ、まだです。べつに独身主義ってわけじゃないんですが、女性にはとんと縁がないもので。見合いしても全部断られました。母親と二人暮らしっていうのが、最近の若い女性には気にいらないらしくて。マザコンか何かだと思われてしまうんですね。ぼくの母というのは、下町育ちの竹を割ったような性格の気の良い女なんですがね」

高城はガリガリと頭をかきながら、弁解するように呟いた。

「それで、お話というのは？」

前おきはこのくらいでいいだろうと思いながら、典子は言った。

「今度の事件のことなんですが」

高城の顔がきまじめなものになった。

「どう思いますか」

「どう思うと言われても」

ソファに戻ってくると、典子はそう言って首をかしげた。

高城の視線が一瞬、目の前にさらけ出されたカモシカのようにすんなりした小麦色の脚に走るのを見て、胸のうちで舌打ちした。こんなことだったら、長い方をはけばよかった。

「演劇部の生徒ばかり狙うというのは、何か理由があるからだと思うんですよ、ぼくは」

「そうでしょうね」

典子は憂鬱な声で答えた。

「先生には何か心あたりはないんですか」

「同じことを警察の人にも聞かれたんですが、わたしには何も心あたりがないんです」

典子はさりげなく傍らに転がっていたぬいぐるみを膝の上に抱き取り、脚を隠した。

「警察はなんと言ってたんですか。やはり同一犯と見ているんでしょうか」

高城が上目づかいで訊く。

「断定はしていないが、その可能性は高いと言ってました」

「可能性は高いか」

高城は独り言のように呟いた。

「たしかに、最初の西田エリカはともかく、次の松木晴美と佐久間みさの場合は手口が似ていますね。二人ともおびき出されたような形で殺されてから死体を運ばれている」

「ええ」

「あのう、変なことをうかがいますが、その、二人とも暴行の跡とかは――?」

高城は言いにくそうに訊いた。

「そのことについては何も聞いてません。警察が何も言わなかったところを見ると、それはなかったんじゃないかしら」

典子は眉をしかめた。

若い女が殺されたと聞くと、男はそのことを真っ先に知りたがるみたいだ。

「ああそれと」

典子は思い出したようにつけ加えた。

「警察は犯人は左ききかもしれないと言ってました」

「それはどういう根拠で？」

高城は鋭い目になって聞いた。

「佐久間みさの後頭部の傷から見て、そう判断したみたいです。もちろん、一連の事件が同一犯の犯行だとすればの話ですけど」

「実は、ぼくが気になっているのは、犯人が、二人の遺体をそれぞれ自宅近くまでわざわざ運んだということなんです」

高城はしばらく考えこむように床に視線を落としていたが、顔をあげるとそう言った。

「そういえばそうですね」

「松木晴美の遺体が発見された公園にしても、佐久間みさの遺体が発見された雑木林にしても、それぞれ自宅からそんなに離れていなかったわけでしょう？　犯人にとって、いくら車を使ったからといって、わざわざ自宅近くまで死体を運ぶという行為は、手間のかかることに思えるし、それになによりも危険なことだと思うんです。松木の場合はそうでもなかったが、佐久間のときは、聞くところによると、死体が発見された雑木林は一度警察の手で捜索されたということですよね？」

「ええ。それは本当です。あの夜、佐久間さんのお母さんからわたしのところに電話があって、わたしも一緒に探しましたから」

「子供が遅くなっても帰ってこなければ、当然親は警察に届けるということくらい、犯人としても予測できたはずです。もしぼくが犯人だとしたら、死体を捨てるのに、被害者の自宅近くなんて絶対に選びませんよ。誰に見られるかわからない。警察があたりを捜索しているかもしれない。危険すぎます。むしろ、被害者の自宅とは全く関係ない、どこかの山中か何かに埋めた方が足がつきにくいと思うんです。しかし、犯人はわざわざ危険を冒してまでも被害者の自宅近くに死体を運んだ。どうもこの心理が解せないんです。向坂さんはどう思います？」

キッチンのケトルがピーとけたたましい音で鳴った。典子は立ち上がるとキッチンに行った。

高城は典子の返事を待たずに続ける。

「考えられるのは、こんなことをしたのは、犯人としては、遺体を早く発見されたかったからじゃないかと思うんです。山中などに隠してしまったら、何年たっても発見されないこともありえますから。それでは、なぜ、犯人は被害者の死体を早く発見させたかったのか」

「見立てを強調するためじゃないかしら」

典子はコーヒーメーカーにお湯を注ぎながら言った。コーヒーの香ばしい香りがふわっと立ち込めた。

「そうです。それなんです。見立てでです。ただ殺しただけではなくて、クリスティの芝居に見立てて殺したということを暗に訴えようとしている。だから、あえて危険を冒してまで死体を発見されやすくした。すなわち、犯人の目的は殺人だけではない。殺人だけが目的だったら、遺体はむしろ見付かりにくいところに隠した方がいい。その方が警察の捜査も混乱するだろうし。しかし、そうはしていない。犯人は、たんに殺すだけでなく、見立てで殺すということに非常にこだわっているように見えます。つまり、この犯人の動機は、恨みとかいった日常的なレベルのものではなくて、もっとこちらの想像を越えた異様なもの、つまり、殺人をゲームのように楽しんでいるのではないかという気がするんです。少女たちの死体をおもちゃにして、彼は遊んでいる。いや、遊びはじめたんじゃないか」

典子はぞっとして思わず高城の方を見た。

「彼って、犯人は男だと思うんですか」

「あ、いや、そんな気がしただけですが」

高城はうろたえたように目を伏せた。

「犯人はかなり知能の高いやつじゃないかと思うんです。それに、死体をおもちゃにするといっても、性的な意味ではありません。いや、そういったものも、犯人の深層にはあるかもしれませんが。この犯人はもっと、なんというか、知的だという気がするんです。非常に冷静、というか冷酷です。むろん異常性格者なんですが、自分ではそうとは思っていない。おそらく、社会生活もちゃんとやっている方じゃないか。どちらかといえばエリートに属する種族かもしれません。だから、普通の犯罪を扱うようにこの事件を取り扱っていても、警察は犯人をつかまえることはできませんよ。犯人は天川学園の生徒たちに何か恨みを持っているわけではないのかもしれないんだから」

「高城先生のおっしゃりかた、まるで犯人を賛美しているように聞こえます」

典子はコーヒーをリビングのテーブルに置きながら言った。

「まさか！」

高城は悲鳴のような声を出した。

「賛美なんてとんでもない。ぼくは誰よりも、今度の事件の犯人を憎んでいます。それに、早く彼をつかまえなければ、おそらく九十九パーセントの確率で、やつは次の殺人を犯しますよ。四ばんめの犠牲者が必ず出ます。ぼくはそれをとても恐れているんです」

「私は百パーセントの確率で、次の殺人など起きないと思っています」

典子はきっぱりと言った。

「なぜそう言い切れるんです？」

高城は砂糖壺の方に手を伸ばしながら、やや皮肉っぽい表情になってたずねた。

「だって、あの子たちだって馬鹿じゃありませんよ。こんな風に連続殺人の様相をおびてきたら、誰だって警戒します。それに、私には、この犯人が、先生が考えているような高い知能の持主だとはとうてい思えませんね。だって、そうじゃありませんか。もし、犯人がクリスティの見立てで殺人を犯そうと計画していたとしたら、それがけっして成功しないだろうということはちょっと考えればわかりそうなものです。十人もの人間をそんなにやすやすと殺せるものですか。松木にしても佐久間にしてもうまくおびき出せたのは、まだ事件の性格が見えていなかったからです。彼女たちは誰を疑うべきかまだ知らなかったからです。でも、今度からはそうはいきません。次に狙われるとしたら、ロジャース役の川合利恵ですが、川合は馬鹿じゃありません。犯人がどんなに巧みにおびき出そうとしても、のこのこ出ていくわけがありませんよ」

「それはどうかな」

高城は独り言のように言った。

「犯人だってそのくらいのことはわかっているはずです。ぼくは、それでも、というか、それだからこそ、この犯人は殺人を続けるという予感がしてなりません。この殺人ゲームが、あとになればなるほど遂行が困難になるというのは、犯人にとっても最初からプログラムに入っていることかもしれませんよ。しかし、難度が高くなればなるほど、そういうのが好きな人間には挑戦の意欲を起こさせるものです。もし、この事件が同一犯によるものだとしたら、犯人はつかまるまでやめないと思いますね」

「まるで、次の殺人が起こるのを待っているようですね」

典子は冷やかに言った。

「とんでもない。ぼくは次の殺人を防ぎたいだけなんです。だから、あまり犯人を甘く見ない方がいいと思うんです。それに、あなただって……」

高城は何か言いかけてはっと黙った。

「わたしがなんですか」

「いや、なんでもありません」

「言いかけて途中でやめられたら気持ちが悪いわ」

「それじゃ、言います。あなただって犯人がつくった犠牲者のリストに入ってるかもしれないんですよ」

「わたしが？」

典子は目を剝いた。

「だって、怪我で舞台に立てなくなった生徒のかわりに、アームストロング医師役をやったのは、向坂さん、あなたじゃないですか」

典子には、そう言った高城康之の目が一瞬あざ笑っているように見えた。

6

七月十六日。木曜日。午後五時半。自宅の居間のソファに寝そべって、スナック菓子をつまみながら、テレビを見ていた川合利恵は、ピロピロという呼び出し音に振り向いた。

見ると、居間の片すみの、家庭用のファクシミリから紙がペロリとはみ出している。どこからかメッセージが入ったようだ。

演劇部の仲間のほとんどが自分用のファクシミリを持っていると聞き、二か月ほど前に、両親にせがんで買って貰ったものである。友達との連絡を取りあうために利恵が独占しているが、最近は、母親もPTAやカルチャースクール仲間との情報交換に使っているらしい。

利恵はソファから立ち上がると、ファクシミリのそばに行き、はみ出した紙を破り取った。

見ると、向坂典子からのメッセージだった。

『演劇部の皆さんへ。緊急ミーティングを開きます。七月十七日（金）、午後三時、部室に集合のこと。時間厳守。向坂典子』

そんな文面がワープロで打たれていた。

紙の右肩には「天川学園」と発信元が記録されている。

緊急ミーティング？

利恵はメッセージにもう一度目を通した。

試験休みなのにミーティングをやるとは。たぶんあの事件のことに違いない。ちょうどいいや。せっかくの休みだというのに、することがなくて退屈しきっていたのだ。おカズやミズホたちと会ってダベリングするのも気晴らしになる。学校へ行くならママもうるさく言わないだろう。

あの事件のせいで、両親が神経質になりすぎて、ちょっとした電話や外出にもピリピリしている。利恵も次に狙われるのは自分かもしれないと思うと、怖くて、うっかり友達の誘いにも乗れない。

佐久間みさや松木晴美をやすやすとおびき出せたということは、犯人は、利恵の身近にいる人物かもしれないのだ。

「今、電話なかった？」

台所で夕飯のしたくをしていた母親がエプロンで手を拭きながら顔を出した。ここ数日、電話の音に異様に敏感になっていて、どこにいても、呼び出し音を聞いただけで、パブロフの犬みたいにすっ飛んでくる。

「ううん。ファックス」

「誰から？」

「向坂先生。明日、学校で演劇部のミーティングがあるって連絡」

利恵はメッセージの紙を手で丸めながら、めんどくさそうに答えた。

「ああそう」

母親はほっとしたような顔になって台所に戻っていった。

それにしても向坂先生からファックスでミーティングの知らせが入るのは珍しいな、と利恵はちらと思った。休み中の先生からの連絡は、たいてい部長の江島小雪を通して電話でされることが多かったのだが――。

しかし、利恵はそう深くは考えなかった。

とにかく明日はこの退屈地獄から抜け出せる。そう思うと、むしろ気持ちが弾む。

鼻歌を歌いながら、丸めた紙をポンとくずかごに放り込んだ。

7

七月十七日。金曜日。午後二時五十分。

川合利恵は学校の裏門から入って、自転車置き場に自転車を置くと、東の昇降口から本館に入った。

下駄箱のところで上ばきにはきかえて、部室のある東の棟の廊下を歩いて行くと、東端の階段から降りてきたらしい数学教師の高城康之と出くわした。

東棟の三階に数学研究室がある。そこから来たのだろう。小わきに書類入れのようなものを抱えていた。あのいつもの、やや猫背ぎみの年寄り臭い歩きかたで、高城はビニールのスリッパをペタペタいわせて歩いてくる。

げっ。ドジソンだ。

ルイス・キャロルの『不思議の国のアリス』が愛読書だという高城は、生徒から、「ドジソン」と陰で呼ばれている。キャロルの本名であるドジソンに、高城の、いかにも不器用そうなドジをひっかけてそんなあだ名がついたらしい。

利恵は高城が嫌いだった。顔を見ただけで虫酸《むしず》が走るとはこの男のことをいうのだ。それというのも、二年のとき、それまで得意だった数学の試験で零点を取るという、あとにも先にもかつてない屈辱的な経験をしたからだ。

今思い出しても腹がたつ。あれは、二年の二学期の期末だった。高城は何を血迷ったのか、およそ今までの試験の形式からは考えられないような、ひどく変わった問題を出した。しかも一題だけ。それは、試験の問題というより、なんだか人を小馬鹿にしたパズルみたいだった。

教科書の例題の解き方を全部身につけ、問題集も二度ずつあたって万全の態勢で試験にのぞんだ利恵は、配られた用紙の設問を見て、その問題の異様さにすっかり面くらってしまい、終了時間が来るまで手も足も出なかった。

そして、数日後に戻ってきた答案には、利恵をあざ笑うかのように、ゼロの数字が赤で書きなぐってあった。零点。小学校のときから、一度も取ったことのない忌まわしい数字。それを最も得意としていた数学で取ってしまったのである。

利恵の頭はパニックに陥《おちい》ってしまった。

しかし、パニックに陥ったのは利恵だけではなかった。クラス中、いや、高城が担当したクラスが全部同じ状態だった。零点が続出して、零点を免れた生徒も、三点とか五点とか、百点満点からみれば、ないにも等しい点数だったのだ。ただ、零点が続出したなかで、一人だけ、たった一人だけ満点を取った生徒がいた。それが江島小雪だった。利恵はその事実に打ちのめされた。あの頃、利恵は江島小雪をひそかにライバルだと思っていたからだ。

ところが、二、三日して、高城の採点にミスがあったことが発覚して、もっと大騒ぎになった。江島小雪の答案は、答えが間違っていたにもかかわらず満点になっていたのである。それを知った利恵たちは職員室に乗り込んでいった。高城はあれはミスではなくて、自分の判断でしたことだと弁解したが、結局、その言い分は通らず、試験はもう一度やり直されることになった。

二度めの試験では、利恵は高得点をあげたが、心に受けた傷は癒《い》えなかった。しかも、高城との因縁はそれだけではなかった。もうひとつある。あれは二年の三学期の期末試験のときだった。英語の試験のとき、つい魔がさして、前の生徒の答案の答えをそのまま書き写してしまったことがある。英単語を埋める問題だった。夢中で書き写して、なんとなく視線を感じて顔をあげると、監督として教室に来ていた高城がじっとこちらを見ていた。見られた。利恵は一瞬そう思って体から血が引くような気がした。高城の表情がそれとなく自分を咎《とが》めているように見えた。前の生徒の答案を覗いた行為を見られたことは確実だった。しかし、高城は何も言わなかった。

数日たって、向坂典子に英語研究室に呼び出された。同じところを間違えた答案が二枚出て来たが、どういうことかと聞かれて、利恵は自分がカンニングをしたことを認めた。典子は軽く注意しただけで、それ以上の追及はしなかったが、利恵は今でも、あれは高城が典子に知らせたことだと思っている。どうせならその場で注意すればいいものを、そのときは黙っていて、あとで告げ口するなんて、なんて陰険なやつだろうと思った。

だから、今でも高城の顔を見ると、むかむかしてくる。

目をそむけてやりすごそうとすると、

「あれ。今日はどうした?」

高城は立ち止まって、そうたずねてきた。

「向坂先生に呼ばれたんです。演劇部の緊急ミーティングを三時から部室で開くからって」

利恵はしぶしぶ答えた。

「そうか」

高城はそう言っただけで通り過ぎていった。

利恵はそそくさと歩いて北東の端にある部室のドアを開けた。

部室にはまだ誰も来ていない。昔はミシンなどがズラリと並べられた第一洋裁室だった部屋はガランとしている。

窓にはカーテンもしまったままだ。

なんだあたしが一番乗りか。

利恵は北向きの窓のカーテンを開け、窓も開けた。体育館から黄色い声が聞こえてくる。バレー部が部活動をしているらしい。それ以外は無気味なほど静かだ。けだるいような夏の午後。蜜蜂が花を求めてブンブンと飛びまわっている。

裏庭に植えられた一群のひまわりの黄色が目に鮮やかに映える。

しばらくボンヤリと外を見ていたが、退屈してあくびをした。腕時計を見る。三時を少し過ぎたところだ。

もうみんな遅いんだからっ。

時間厳守って書いてあったじゃない。

少しむくれて呟きながら、北の壁に嵌め込まれた大鏡の前まで行くと、そこに立った。

大鏡は利恵の全身を映し出す。

襟に三本の紺色の線の入った古典的なデザインの白いセーラー服。紺色のスカート。細い足に白いソックス。

ひょろりとした痩せっぽちで、肩だけが骨ばって張っている。だからあだ名はいつも「ハンガー」。洗った翌日はどんなにとかしつけてもはねる癖のある短い髪。ほくろの目立つ浅黒い顔。可愛くも美人でもない顔。美少女の多い天川学園に入ってから、幾度となく劣等感に悩まされてきた顔。

高校へ入ったら演劇部に入るんだって言ったら、中学の仲間はみんな笑ったっけ。あんたが？　その顔でってさ。

容姿にはずっと自信がなかった。

利恵は胸の紺色のリボンを結び直した。

「私はただ、ご命令に従っただけなのです」

鏡に向かってロジャースのセリフを口に出して言ってみた。かわいそうなロジャース。手斧で真っ二つだなんて、痛かっただろうな。それとも痛いなんて感じてる余裕はなかったのかな。

もし次に狙われるのがあたしだとしたら、いやだ、斧で真っ二つ？

利恵は笑い出しそうになった。

まるでジェイソンじゃない。

鏡に映った廊下側のドアのノブがゆっくりと回るのを見た。

やれやれやっと誰か来たらしい。

利恵はわざと振り向かなかった。

8

向坂典子は洗面所の鏡に自分の青ざめた顔を映して溜息をついた。吐いたのはこれで三度めだ。口をゆすぎ、ハンカチで拭く。口紅のはげた唇に、丹念にルージュをひいた。たぶん間違いない。生理が遅れるのは、珍しいことではなかったので、もう少し様子を見てから病院に行こうと思っていたのだが。

こうなったら結婚式は早めた方がいいかもしれない。大きなおなかでウエディングドレスなんて着たくないもの。

事情を知れば、彼も納得してくれるだろう。

自分を勇気づけるように鏡に向かって弱々しく笑いかける。

まだ胃のあたりにむかつきを覚えながらトイレから出てくると、廊下のところで高城康之に声をかけられた。

「どうしたんです。顔が真っ青ですよ」

高城は心配そうに近付いてきた。

「いえ、なんでもないんです。ちょっと貧血が起きただけで」

典子は無理に笑顔を作ってそう言った。まさかトイレで吐いてきた理由を言えない。

「保健室へ行った方がいいんじゃありませんか?」

「いいえ。もうだいじょうぶです」

典子は高城の好意を少しうるさく思いながら言った。

高城はまだ心配そうだ。

「あの、もうお帰りになった方が？　マンションまで送りましょうか」

「いえ、まだ仕事が残ってますから」

典子は慌てて言った。

試験休みで生徒は休みだが、典子たち教師には期末試験の採点や成績表の作成など仕事が山ほどある。

「ミーティングはもう終わったんですか」

高城がいきなり言った。

「え？」

典子はポカンとした顔で数学教師を見詰めた。

「演劇部のミーティングのことですよ」

高城は笑いながら言う。

「さっき、そこで川合利恵に会ったんですよ。それで聞いたんです。今日のミーティングのこと」

「なんのことですか」

「なんのことって、向坂先生に呼ばれたって、川合は言ってましたよ」

「なんのことだかわからないわ。ミーティングなんて聞いてませんよ。それに、川合を呼んだおぼえなんかありません」

「しかし」

高城の顔から笑いが消えた。

「本当に何も知らないんですか」

「知りません。川合が来たの、何時ころのことです？」

「えーと、たしか、三時ころだったかな」

高城は腕時計を見ながら言った。もう四時過ぎだ。あれから一時間以上もたっている。

「向坂先生が知らないとすると、生徒だけで集まったのかな」

高城はあごに手をあて首をひねった。

「しかし妙だな。向坂先生に呼ばれてたってたしかに言ったような気がするが」

「そのミーティングってどこでやるって言ってました？」

「部室とか――」

そんな高城の言葉を無視して、向坂典子は東の棟に半ば走るように歩いて行った。

高城も慌ててあとを追う。

典子のほっそりした赤いスーツの後ろ姿が北東の端のドアに吸い込まれるように消えたと思うと、凄い悲鳴が聞こえてきた。

高城は悲鳴の方向に駆け付けた。

開いたままのドアの中を見る。

入り口のところで倒れている向坂典子を発見した。

そしてその向こうに——

典子に悲鳴をあげさせ気を失わせたものが横たわっていた。

明るい午後の日差しを浴びて、そこにあってはならないものが。

V

蜂が一人を刺して

1

「これで背後から一撃したのか」

皆川宗市はそう呟き、手袋をはめた手で柄の古びた手斧を拾いあげた。錆ついた肉厚の刃には血と髪の毛が二、三本くっついている。

「ひどいことしやがる」

血まみれの遺体から目をそむけ、吐き気をこらえるような顔で、別の中年の刑事が呟いた。

写真班が何度も角度を変えてフラッシュをたいていた。

「返り血を防ぐために、犯人は、このかっぱを頭からスッポリ被っていたようですね」

若い刑事が、遺体のそばに脱ぎ捨ててあった、フード付きの黄色いビニール製の安物のかっぱをつまみあげた。ビニールにはところどころ血が付いている。

「ここは中から錠がかけてあります」

東のフランス窓風のガラス戸を調べていた刑事が言った。

「ということは、犯人は、このドアから出ていったということか」

皆川は廊下側の入り口を見ながら呟いた。

「もし学校関係者でないとしたら、かなり大胆な犯行ですね。こんな手斧をひっさげて来たわけだから」

加古滋彦が言った。

「まるでホラー映画を地でいくようだな。この生徒の名前は？」

皆川は聞くまでもないという表情でたずねた。

「川合利恵。三年。やはり演劇部員だそうです」

加古が手帳を見ながら言う。

「ロジャース役の生徒か」

「そういうことです」

「発見者は向坂典子ともう一人、数学の教師だったな？　高城とかいう」

「ええ。教職員はすべて職員室に集まって貰っています」

「ちょっと話を聞いてくるか」

皆川はそう言って現場を出た。加古と数人の刑事もその後に従う。

廊下を歩いてくると、ひどく取り乱した風の四十年配の女性が警官に連れられて来るのと擦れ違った。

様子から見ると、川合利恵の母親らしい。

職員室に入っていくと、そこにいた教職員たちは、まるで敵でも来たような目で皆川たちを見た。

しかし、向坂典子の顔が見えない。訊くと、気分が悪くなって保健室で休んでいるという。高城が付き添っているらしい。皆川は同じ一階の棟にある保健室に足を運んだ。

向坂典子は青ざめた顔でベッドに横たわっていたが、皆川たちを見ると、慌てて起き上がった。

「そのままで結構です」

皆川は気遣ってそう言ったが、向坂は「もうだいじょうぶです」としっかりした声で答えた。

「休みなのに、川合利恵はなぜ部室にいたんですか」

女教師にたずねた。

「それがわたしにもわからないんです」

向坂典子は途方に暮れたように首を振る。

「ぼくが聞いた話では、向坂先生に呼ばれたと川合は言っていましたが」

そばにいた高城が言う。

「でもわたしはそんなことしてないんですっ」

向坂はややヒステリックに叫んだ。

「あなたは川合利恵に会ったのですか」

皆川は高城に目を向けた。

「ええ。三時頃でしたか、三階の研究室から降りてきたら、廊下のところで川合とでくわしたんです。休みなのにどうしたと聞くと、向坂先生に呼ばれてこれから演劇部のミーティングだと、そう言ったのです」

高城はそう説明した。

「しかし、あなたの方はそんな連絡はしていなかった。そういうことですね？」

皆川は再び向坂に訊く。

「そうです。そんなミーティングのことなど、わたしは何も聞いていません。まして、川合に連絡などしていないんです。誰かがわたしの名をかたって川合を呼び出したんです」

向坂典子はハンカチを握りしめたまま、訴えるように言う。

「しかし、それは妙ですね。電話ならあなたの振りをしても声で気付かれてしまうはずだし――」

「電話とは限りません。手紙か何かだったかもしれないじゃないですか」

「さっき、すれちがった女性、母親みたいだったな。そのことで何か知ってるかもしれない。ちょっと聞いてきてくれ」

皆川は加古に言った。加古は頷くとすぐに保健室を出て行った。

「ところで、三時頃、あなたはどこにいらしたんですか」

皆川は向坂典子にたずねた。

「わたしのアリバイを聞いてるんですか」

典子は信じられないという目で刑事を見詰めた。

「わたしが川合を殺したとでも？」

「そういうわけじゃありません。どうも見たところ、外部の者の犯行とは考えにくい節があるので、一応、職員の方は全員——」

そう言いかけると、

「容疑者というわけですか」

と高城がさえぎった。

「しかし、外部の者に犯行が不可能だったというわけではありませんよ。試験休みとはいえ、ぼくたち教師は皆出勤していましたし、部活動のために出てくる生徒もいますから、正門も裏門も開放されていました。外部の者でも何くわぬ顔をして入ってくれば、それほど怪しまれはしません。本館へ入るのも、正面玄関から来ると、事務室がガラスばりになっているので、顔を見られる恐れがありますが、裏玄関や生徒用の昇降口から入れば、誰にも見られずに演劇部の部室に入ることは可能なはずです」

いかにも数学の教師らしい理路整然とした話しっぷりだと皆川は内心苦笑した。

「外部の者に犯行が不可能だったとは言っていません。ただ、外部の者の犯行だとしたら、ずいぶん大胆な、というか無謀な手口だと思っただけです。もし、向坂先生の名前をかたって、川合利恵を部室におびき出したとしたら、当然、犯人は最初から殺意があったわけで、犯人の心理としては、絶対に学校関係者に顔を見られたくなかったはずです。もし顔を見られたりすれば、事件が発覚したあとで、すぐにその人物が怪しいということになりますからね。その点、教職員なら校内をうろついていても、それだけで怪しまれることはないわけです。つまり、外部の者には、物理的には犯行が可能でも、心理的には、かなり無理がある手口だということです。わざわざ手斧をひっさげてやって来るというのは」

「手斧をひっさげて？」

向坂がオウム返しに言った。

「凶器の手斧ですよ。むろん、紙袋かなにかに入れて持ち込んだのでしょうが」

「いいえ。違います。あれはもともと部室にあったものです」

向坂典子はそう言った。

「部室にあった？　手斧が？」

皆川は面食らった顔になった。

「川合の遺体を見てすぐに気分が悪くなってしまったので、よくは見ていませんが、あの手斧はおそらく小道具に使うはずだったものだと思います」

「小道具？」

「『そして誰もいなくなった』の小道具にです。ロジャースが殺される手斧は、最初は作りものを使うはずだったんですが、本物の方がリアリティが出るだろうと思って、たまたまわたしの知り合いに使わなくなった手斧を持っている人がいたので、借りてきたのです。結局、西田があんなことになって芝居が中止になり、あの手斧は他の小道具と一緒に、部室にある物置にしまっておいたのですが」

そういうことだったのか。皆川は腹の中で舌打ちした。凶器の手斧が犯人が持ち込んだものではなく、現場に最初からあったものだとすると、あの手斧から犯人を割り出すことは不可能だということになる。

保健室のドアが開いて、加古滋彦が戻ってきた。

「どうだった？」

「母親の話だと、連絡は、昨日の夕がた、ファックスで来たそうです」

「ファックスか」

皆川は思わず唸った。そうか。ファックスか。

「家庭用のファクシミリだそうです。それを使って最近は友達などと連絡を取り合っていたそうで」

「ファクシミリなら電話のように声でばれる心配はないわけですね」

そう言ったのは、高城康之だった。

2

七月十八日。土曜日。玄関のチャイムが鳴ったのは、すでに午前零時を過ぎていた。皆川夕美は敷きかけていた布団をそのままにして、小走りで玄関に出た。ドアの鍵をはずすと、加古滋彦の肩につかまっていた父の宗市が倒れ込んできた。

酒臭い。

「ちょっと飲み過ぎたみたいなんで送ってきました」

加古は久し振りで見る夕美の顔が眩しいというような表情でそう言った。

「どうもわざわざすみません」

「それじゃ、ぼくはこれで」

皆川の体を夕美に渡すと、加古はすぐに帰ろうとした。表には車が停まっている。

「こら帰るな。あがれあがれ」

肩を貸そうとする娘を押し退《の》けるようにして、ふらつきながら靴を脱いだ皆川が回らぬ舌で言う。

「しかし、明日早いですから、もう帰らないと――」

困ったように玄関のたたきに立ち尽くす加古に、

「それなら泊まっていけばいい。どうせ慌てて帰ったって誰かが待ってるわけじゃないんだろ」

「そりゃそうですが」

そう言いながら、「どうしようか」というように、目で夕美に問い掛けると、夕美は笑いながら、「そうしてください。今お茶でもいれますから」

「それじゃ、お言葉に甘えて」

加古はとたんに笑顔になると、いそいそと靴を脱いだ。

茶の間に入っていくと、皆川は畳の上に大の字になって寝ていた。

「お父さん、こんなところで寝ないでよ。向こうに布団敷いてあるから」

夕美は加古に手伝わせて皆川の正体のなくなった体を起こすと、奥の寝室まで運んだ。

皆川は寝間着にも着替えず、下着だけになると、布団の中にもぐりこみ、頭が枕につくかつかないうちに、いびきをかきはじめた。

「こんなに飲むなんて珍しい」

夕美は寝室のふすま戸を閉めながら苦笑した。

「例の事件のせいですよ。また犠牲者が出たんです。そのことで皆川さん、相当参っているようです」

「この事件はすぐに片付くだろうって言ってたんですけどね」

「今度ばかりは皆川さんの勘もはずれたようです」

加古はダイニングテーブルにつくと深い溜息をついた。

「何か手掛かりはないんですか。天川の生徒が立て続けに四人も殺されて、手掛かりが何もないなんて考えられないわ」

夕美の口調には心なしか警察の怠慢を責めるようなところがあるように加古には感

じられた。

「ないわけじゃないんですが、犯人を特定するまでには至らないんです。そもそもこの四件の殺しが同一犯によって引き起こされたかどうかさえ、まだ絞り切れていないんですから」

「もしかしたら、犯人は天川学園の教職員の中にいるんじゃありません？」

台所にたってお茶をいれる用意をしながら、夕美がふいに言った。

「そうですね。それは考えられます。少なくとも、今度の川合利恵の場合は、外部の者の犯行とは考えにくいものがあります。学園にいた教職員や部活動をしていた生徒たちに徹底的に聞き込みをしたんですが、凶行の起きた時間帯、不審な人物を校内で見掛けたという者は誰もいませんし、犯人は顧問の教師の名前で川合の家にファックスをして演劇部の部室に来るようにおびき出しています。ということは、演劇部の部室が校内のどこにあるか知っていた、つまり、かなり学園の内部の事情に詳しい者の犯行といえるわけです」

「犯人が被害者の家にファックスしたなら、その紙が残っているんじゃありませんか。そこから何か手掛かりはないのかしら。たとえば筆跡とか、発信元の記録とか」

夕美はお茶をいれながら、切れ長の目でじっと加古の顔を見た。

「それが捨ててしまったようなんです」

加古はまるで自分のミスを告白するように頭を掻いた。

「捨てた?」

「家中捜してても出てこなかったところを見るとそうらしいんです。母親の話だと、送られてきたメッセージを見たのは利恵だけだったらしく、しかも、葉書や手紙と違っていちいち保存はしてなかったそうで、簡単なメモ程度だったら、たいてい見終わると、くずかごに捨てていたようなんです。しかも、間の悪いことに、昨日は燃えるごみの日とかで、母親が朝がた家中のごみを出してしまったというんです」

「まあ」

「真っ昼間、学校の中で起きた事件だというのに、今のところ、手掛かりといえるものは何も出てないんです。なんというか、狐に化かされたような事件なんです」

「目撃者とか被害者の悲鳴とか聞いた人もいないの?」

「ええ。犯行現場となった部室は本館の東棟の端にあって、よほど大声を出さなければ職員室や事務室にいる教職員たちには聞こえにくかったでしょうし、そもそも被害者は、ふいに背後から襲われたらしくて、声を挙げる暇もなかったように思われます」

「凶器とかからは？」

「凶器の手斧は芝居の小道具としてもともと部室にあったものだというから、手掛かりにはなりません。なんでも、顧問の女教師が知り合いの家から芝居に使うために借りてきたものだとか。それに、犯人が返り血を防ぐために着ていたかっぱも、安物のどこにでも売っているようなしろものですから、あれから犯人を特定することは難しいだろうし」

「佐久間みさを殺害した犯人は左利きだったらしいと父は言ってたことがあるけれど、今度はどうだったの？」

「それが、今度はどちらとも判定しにくいようです。犯人は手斧を両手で持って真っ向から振りおろしたようで」

「でも、犯人はたんに学校関係者というだけではなくて、演劇部のことに相当詳しい人物ということになるんじゃありません？　だって、凶器に使った手斧が部室にあることを前以て知っていたり、川合利恵の家のファックス番号を知っていたりしたわけでしょう？」

「たしかにそうです。川合の家のファクシミリは最近買ったばかりで、ファックス番号を知っていたのは、利恵の友人や演劇部の仲間、それに母親の友人くらいのものらしいんです。電話帳にも載せてなかったそうで」

「やはり同一犯じゃないのかしら。西田エリカのときは、彼女しか飲まないとわかっている紅茶のボトルに青酸カリを入れたわけでしょう。演劇部の生徒の身近にいて、彼女たちをやすやすとおびき出せる人物といったら、そう何人もいるとは思えないわ。その演劇部の顧問、なんて言いましたっけ？」

「向坂典子です」

「彼女には昨日のアリバイがあるの？」

「いや。午後三時から四時にかけては職員室にいたということなんですが、ずっといたわけではなくて、三階にある英語研究室に行ったり、二階にある視聴覚室に行ったりしていたらしいんです。だから、その合間をぬって、部室に行き、川合利恵を殺害することは可能だったかもしれません」

「アリバイはないというわけね？」

「ええ。しかし、これは向坂に限ったことではなくて、他の教職員も似たりよったりなんです。当時、学園には百人近い教職員がいたのですが、午後三時から四時にかけて、完璧にアリバイが証明される者の方が少なくて、たいていは、職員室や事務室にいたといっても、その間にトイレに行ったりしてますから、けっこうあやふやなんです。その気になれば、ほんの数分で犯行はすみますからね。ただ、向坂典子は演劇部の連中の最も身近にいる人物といえますが、あの女教師が犯人だとはぼくには思えませんね」

「あらなぜ？」

「もし同一犯だとしたら、犯人は松木晴美や佐久間みさの死体を運ぶのに車を使ったようなんです。向坂は車を持っていないし、免許も持ってはいないようです。それに、やはり女性の犯行とはちょっと思えませんね。動機も全く浮かんでこないし」

「そういえば、あの佐久間宏とかいう大学生はどうなの？」

「今度の件にかんしては、やつは完全に白ですね。昨日の午後三時から四時にかけては完璧なアリバイがありました。友人のところでマージャンをしていたらしい。何人かの証言があります」

「そう」

夕美は頬杖をついて溜息をもらした。

「つまり、捜査は完全に暗礁に乗り上げてしまったってわけです。容疑者の枠はかなり絞り切れているのに、とにかく犯人の狙いというか、動機がまったく浮かんでこない。なぜ演劇部の生徒ばかり狙うのか。しかも芝居の役柄に見立てた殺し方で。狂ってるとしか思えませんよ」

「警察もつらいところね」

「皆川さんが悪酔いするのも無理ないです。ぼくだって、もし酒が呑めたら、あびるほど呑みたい心境です」

「昔の父だったら、こんな事件のときは、家になんか帰ってこないで、署内に何日も寝泊まりして頑張ったでしょうね」

夕美は思い出すような目でふと言った。

「そのことなんですが――」

加古は夕美の顔を見た。

「五年前に何があったんですか。奥さんが亡くなったことと何か関係があるんですか」

「そうねえ」

夕美の口調が曖昧なものになった。

「もう話してくれてもいいんじゃないかなあ」

「母のことだけじゃなくて、わたしにも関係あることなのよ」

夕美は俯いてそう言った。

「あなたにも？」

加古は驚いたように眉をあげた。

「あの頃、父が今の父ではなかったように、わたしも今のわたしじゃなかったの」

夕美は謎めいた言葉を呟くように言った。

「それはどういうことですか」

夕美はテーブルを見詰めたまま黙っている。

「あの――」

なおも言いつのろうとすると、ふいに顔をあげて、夕美は明るい口調で言った。

「それより、加古さん、おなかすいてない？」

「え？　ええ、そういえば、少し」

加古は思わず腹のあたりを撫でた。

「お茶づけくらいならすぐに出来るけど」

「それで結構です」

「ちょっと待っててね」

夕美はにっこりすると立ち上がって台所にたった。カチャカチャと茶碗の触れ合う音。それを聞きながら、加古はなんだか我家に戻ってきたような錯覚に陥りそうになった。夕美と結婚したら、こんなふうな夜をすごすことになるのだろうか。昼間の殺伐さを忘れさせてくれる静かな夜。そんな夜を彼女は与えてくれるのだろうか。そうだな。夕美は一人娘だから、自分がこの家に入るのもいいな。長男じゃないから、田舎の両親も反対はしないだろう。そうだ。皆川だって、一人娘を手放さなくてもいいなら、そんなに反対はしないかもしれないじゃないか。

それにしても夕美は自分のことをどう思っているのだろう。考えてみれば、まだそのことを確かめてみたことはなかった。デートといっても、動物園とか植物園とかそんな所ばかりだった。自分の方では夕美を一生を共にしてもいい異性と最初から意識していたが、夕美の方は父親の部下に付き合うくらいの軽い気持ちでいたかもしれないじゃないか。

そう思いあたると、加古は落ち着かなくなった。ひとりよがりということもありうる。夕美は気立ての良い娘だから、誰にでも誘われれば嫌とは言わないだろうし、ただ嫌いではないくらいの理由で自分と付き合っていたのかもしれない。特別な感情など何もないのかもしれない。皆川に話す前に、夕美の気持ちをまず確かめるのが先じゃないか。

今がチャンスかもしれない。今度の事件が片付くまでは、当分休暇はとれそうもない。今度いつ彼女に会えるかわからない。今なら皆川は奥の部屋で高いびきだし、切り出すとしたら今日しかない。

加古はそう決心した。

3

「まあ、これは一応預かっておきましょう」

蜷川《になが わ》校長はデスクの上に置かれた辞表と、硬い表情をして目の前に立っている向坂典子の顔を交互に見比べてからそう言った。

七月二十日。月曜日。午後二時すぎ。

校長室の扉を閉めて、ほっとしたように肩の力を抜きかけた典子は、外で待ち受けるように立っていた高城康之に気が付いた。

「いや、さっき、校長室に入っていかれるのを見たものだから、まさかと思って」

高城は弁解するように言った。

「今、辞表を出してきたんです」

典子はほろ苦い微笑を浮かべた。

「校長は受け取ったんですか」

高城は驚いたように言う。

「ええまあ。一応預かっておくという形で。今辞表を出したところで、後任が見付かるまではこのままですけれど」

「なにもあなたが辞めることはないじゃありませんか。今度の事件はあなたのせいじゃない」

高城は憤慨したように語気を強めた。

「いいえ、やっぱりわたしの責任は大きいと思います。あんな殺人劇をしようとしたことが今度の事件を引き起こしたようなものですから」

「しかし――」

と高城は言いかけ黙った。廊下で話している二人を、通り掛かった女性の事務員が振り返って見ていた。

「あの、ちょっとそのへんを歩きませんか」

高城はおずおずと言った。

典子は頷くと、裏玄関から裏庭に出た。講堂と本館との間に挟まれたささやかな敷地に、池と藤棚が作られている。

夏の日差しをよけるように、二人は藤棚の下のベンチに腰掛けた。

「教師なんて、長くは続かないような気がしていたけれど、まさかこんなに早く辞めることになるとは思っていなかったわ」

典子はノースリーブの片腕を挙げて額のあたりにかざし、眩しそうな目で、日差しを受けてきらきら輝く池の水面を見ながら言った。

池の向こうには、職員室の窓がずらりと並んでいる。忙しそうに動き回る教員たちの姿が見えた。

「辞めたあとどうするんですか」

高城が訊く。

「そうねえ。とりあえず結婚することになるでしょうね」

典子はのんびりとした声でそう答えた。

「結婚？」

高城は意表をつかれたような顔で典子を見た。

「あら、そんなに意外ですか。わたしが結婚するのが？」

「い、いや、そういうわけじゃないんですが。どちらかといえば仕事をバリバリやっていきそうな人に見えたから」

高城はやゃしどろもどろに答えた。

「そのつもりでいたんですけどね、どうもそうはいかなくなって。辞表を出したのも、必ずしも事件の責任を取るだけじゃないんです。一身上の都合ってやつ。このまま勤めていると、ちょっと困ったことになるもので」

「はあ」

高城は、典子の言っている意味がわかったのかわからないのか、うなだれたまま、

「それじゃ、もうお相手は決まってるわけなんですね」

「ええ。学生の頃から付き合っていた人と」

「そうですか」

「だから、そんなに同情してくれなくてもいいんですよ。今度の事件がなくても、こういう結果になったでしょうから」

「べつに同情しているわけではありませんが」

高城は口の中で呟いた。

「でも、辞めるときは奇麗に辞めたいわ。そのためにも早く今度の事件が解決してほしい。もうこれ以上、犠牲者が出て欲しくないんです」

「そうですね」

高城は自分のつま先を見詰めながらやや上の空で相槌をうった。

「それにしても、高城先生のおっしゃってた通りになりましたね」

「え？」

高城ははっとしたように俯いていた顔をあげた。

「四ばんめの犠牲者が必ず出るとおっしゃっていたでしょう？　その通りになったじゃありませんか」

「いや、あれはそんな気がしたというだけで」

「わたしが間違っていたんです。今度のことで思い知りました。犯人を甘く見てました。松木や佐久間みさのときのように、川合をどこかに呼び出すとばかり思いこんでいたんです。だったら、川合だって警戒しているはずだし、そうそう同じ手は使えるものかと思っていたんですが、まさか学校にわたしの名前を使って呼び出すなんて。そんな大胆なことをするとは夢にも思いませんでした。完全にこちらの裏をかかれてしまった。先生の言う通り、この犯人は凄く冷酷で知能的な人間かもしれないと思えてきました。だから、怖いんです。もしこのまま警察が手をこまねいているようなことがあれば、浅岡和子や江島小雪にも、わたしたちが思ってもいないような方法で近付くことができるんじゃないかと……」

典子は剝き出しのほっそりした腕をしきりにさすりながら言う。

「それに、何よりも怖いのは、この学園の中に犯人がいるらしいってことです。今度の川合の事件でそれがはっきりしましたから。外部の者が学校に入り込んで川合を殺害したとはとうてい思えません」

「そうですね……」

高城は靴のつま先で地面をほじくりながら短く答えた。

「それと、犯人が使ったファクシミリですけれど、もしかしたら、学校のものを使ったんじゃないかしら。職員室か事務室に置いてあるのをこっそり使って」

高城は何も答えずつま先を見詰めていた。

典子は続けた。

「だってふつうファックスの紙には上の方に発信元が記録されていますよね。いくらわたしの名前を騙っても、この発信元が違っていたら、川合だって不審に思ったんじゃないかという気がするんです。でも、ファックスの発信元が学校の名前になっていたら不審に思わないんじゃないかしら」

「それはいちがいには言えないと思いますがね」

高城がようやく目をあげて言った。

「あらどうして？」

「むろんその場合も考えられますが、犯人がもし自分のファックスを持っていたとしたら、発信元は持主の判断で自由に設定できますから、あなたの名前にすることもできただろうし、あるいは学校の名前を入れることもできたでしょう。だから、必ずしも学校のファクシミリを使ったとは言えないと思うんです。ただひとつ言えることは、今回たまたまメッセージを読んだのが川合だけで、しかもすぐに捨ててしまったために証拠として残りませんでしたが、犯人としては、万が一証拠として残ってもいいように手は打っていたかもしれないということです。たぶん文章なんかも筆跡がわからないようにしただろうし」

「そうね」

典子はそう相槌を打ちながら、ふと目を上げ、何気なく校舎を見上げた。そして、「あら」と小さく呟いた。

「あれは江島じゃないかしら……」

そう言って、高城の注意を促した。

高城がつられて顔を上げると、校舎の三階の窓のひとつに、二人の方を見下ろしている、江島小雪の人形のように白い顔が浮かんでいた。

4

七月二十日。午後八時半。

松木憲一郎は車を車庫に入れると、玄関の前で立ち止まって、なんとなく自分の家を見上げた。門柱の水銀灯がついているだけで、家の窓は真っ暗だった。晴美が生きていた頃には、この時間帯に帰ると、必ず居間か二階の勉強部屋には明かりが灯っていたものだ。

憲一郎はズボンのポケットをさぐって鍵を取り出し、玄関ドアを開けた。家の中は暗くしんと静まりかえっている。家政婦の島村トミはもう帰ったのだろう。

トミの勤務時間は午後七時までで、夕飯の下ごしらえだけはして、電子レンジで暖めればいいようにしていってくれる。憲一郎はリビングルームに入ると、エアコンをつけ、ソファにどさりと体を投げ出すように座って、ネクタイをゆるめた。

テーブルの上には、昼間トミが取り入れてくれた何通かの封書が揃えて置いてあった。大儀そうに体を起こすと、その封書の束を手に取った。大部分が中を開く気にもなれないようなダイレクトメールの類いである。しかし、一番下になっていた封書だけは違っていた。白いふつうの封筒だった。

裏を返してみた。差出人の名前はない。封を切る。中にはたった一枚だけ紙がはいっていた。それを出して目を通す。

白い紙には、ワープロ文字でこう書かれていた。

『マツキハルミハ、マンビキノツミデ、ワタシガ、ショケイシタ』

5

七月二十一日。午後一時。

玄関のインターホンが続けて二度鳴った。向坂典子はパジャマのままベッドから起き上がると、玄関ドアの覗き穴を覗きに行った。訪問者は大塚署の皆川警部と、加古という若い刑事だった。

典子は刑事を外に待たせて、慌てて着替えをすませると、ドアを開けた。

「どうもたびたび申し訳ありません。学校の方へ伺ったんですが、お休みだというので、お邪魔しました。先生も今日から夏休みですか」

皆川は穏やかな微笑を浮かべて言った。

「いいえ。そういうわけじゃないんですが。朝からちょっと具合が悪かったので休んだんです」

典子は肩にたらしたままの髪をかきあげながら答えると、刑事たちを中に入れた。

「そういえば顔色が悪いようですが？」

皆川が心配そうに言う。

「たいしたことありません。ただの風邪だと思います。あの、それで、その後何かわかりましたか？」

「実は、そのことで向坂先生にぜひ伺いたいことがあって来たのです」

ソファに座りながら、さっそく皆川は用件に入った。

「なんでしょう？」

典子はそう聞きながらしまったと思った。昨日、書店で買ってきた、『はじめてのお産』という本がリビングのテーブルに出しっぱなしになっていたことに気が付いたのだ。慌てて本をテーブルの下に片付けた。が、皆川警部の視線がちらと動いてそれを捕えたようだった。

「ちょっとこれを見て戴きたいんです」

皆川は背広の内ポケットから四通の封書のようなものを取り出すと、テーブルに置いた。

典子は怪訝そうな顔で、それを手にした。どれも白いふつうの定形封筒ですでに封が切られている。宛名を見ると、それぞれ、西田武雄様、松木憲一郎様、佐久間友明様、川合裕次様とある。いずれも同じ字体のワープロ文字で、差出人の名前はない。

「これは？」

目をあげて、中身を読む前に刑事の顔をうかがった。

「殺された生徒の父兄のもとに昨日届いた手紙なんです。消印や封筒などから見て、同一人物が出したもののようです。事件とは関係ない悪戯かもしれませんが、もしかすると犯人からという可能性もあるので、ちょっと先生にも見ていただきたいと思いまして」

典子は封書の中身に全部目を通した。どれも同じ紙に同じようなワープロ文でカタカナ書きだった。

西田武雄宛の手紙には、『ニシダエリカハ、キッサテンデタバコヲスッテイタツミデ、ワタシガ、ショケイシタ』、松木憲一郎宛には、『マツキハルミハ、マンビキノツミデ、ワタシガ、ショケイシタ』、佐久間宛には、『サクマミサハ、ダタイノツミデ、ワタシガ、ショケイシタ』、川合宛は、『カワイリエハ、カンニングノツミデ、ワタシガ、ショケイシタ』と書かれていた。

典子の眉がけがらわしいものでも見るように険しく寄せられた。

「こんな馬鹿なこと――」

「いかがですか。そこに書かれている内容に心あたりがありますか」

「とんでもない」

典子は激しくかぶりを振った。

「わたしの知らないことばかりです。これはきっと誰かの悪戯です。でたらめです。喫煙や万引くらいならともかく、あの佐久間みさが中絶をしていたなんて、わたしには信じられません。そんな噂も聞いたことがありません」

「しかし、佐久間みさの件に関しては、ガセとは言えない証拠があるんですよ」

皆川は言いにくそうな口ぶりで言った。

「どういうことです?」

「佐久間みさの解剖を担当した法医の先生が、妊娠中絶の痕跡があるということを報告書に書いていたんです」

「そんな」

「このことについては、両親も知らなかったようです。あと、松木晴美の万引の件ですが、これも実際にあったそうです。父親の憲一郎氏の話だと、一年のときに、近くの書店でコミック本を万引したのを店員につかまったことがあるそうです。そのときは、初犯ということもあって店の方も穏便にすませてくれ、警察ざたにはならなかったそうですが。つまり、その手紙のうち、少なくとも二通の内容はでたらめではないということです」

「それじゃ、これは犯人が?」

典子は信じられないという顔で聞いた。

「その可能性はあります。そこに書かれたことは、被害者の両親でさえ知らなかったこともあります。今度の事件の犯人は被害者たちの身近にいて、かなり詳しく情報を得ている人物です。ですから、その手紙の差出人と犯人像は一致するんですよ。万引とか中絶とかいったことは、本人が吹聴するはずはありませんから、一体その手紙の主はどうやってそんなことまで知ることができたか。言い換えると、誰が、そこまで知ることができたのか。先生には何か心あたりはありませんか」

典子はしばらく考えるように手にした封書を見詰めていたが、力なく首を振って、

「いいえ。わたしには何も。わたしでさえ知らなかったことばかりです」

と言いかけたが、ふと何かを思い出した顔になった。

「ああ、でも、そういえば——川合利恵のカンニングの件については、わたしにも心あたりがあります。たしか二年のときだったと思いますが、川合が英語の試験で前の生徒の答案を写したことがあったんです。同じところが間違っていた答案が続けて二枚出てきたので、二人の生徒を呼び出して聞いてみたら、川合の方がカンニングを認めました。ふだんは出来の良い生徒でしたし、ささいなことだったので、わたしとしては少し注意しただけで公にはしなかったんですが」

「それだけですか。あとは？」

「まったく心あたりがありません」

「そうですか」

皆川は残念そうに言って、四通の手紙を典子から取り返した。

「いや、どうもお邪魔しました」

皆川はそう言って立ち上がりかけた。

「もしこれが犯人からのものだとすると、これが殺害の動機だということでしょうか」

典子ははっとしたように言った。

「そういうことになりますね」

「喫煙や万引くらいで処刑だなんて」

典子は声を震わせた。

「狂ってます、この犯人。完全に狂ってるわ」

6

「狂っている、か」

向坂典子のマンションのエレベーターのボタンを押しながら、皆川宗市は独り言のようにつぶやいた。

「たしかにあれが動機だとしたら、犯人は狂ってますよ」

　と加古滋彦。

「しかし、手紙の内容について、向坂でさえも知らなかったということは、やはり犯人が出したという可能性は高くなりましたね」

「そうだな。生徒間で噂になっているようなことだったら、第三者の悪戯とも考えられるが。どうもそうではないらしい」

「やはり四件とも同一犯の仕業ということでしょうか」

「うむ」

　エレベーターのドアが開いた。

　箱に乗り込みながら、

「もう昼すぎか。どこかで腹ごしらえでもしようか」

　皆川は腕時計を見ながら言った。

「実はちょっとプライベートなことでご相談があるんですが」

目に付いた蕎麦屋ののれんをくぐって、奥まった座敷に席を取ると、ハンカチで首筋を拭っている皆川に、加古はあらたまった顔で言い出した。

「なんだ?」というように皆川は目をあげた。

「そろそろ身をかためようと思ってるんです。郷里のおふくろも最近うるさく言うようになりましたし」

「ほう」

皆川はやや意外そうな顔で若い相棒を見た。

「今いくつだっけ?」

「七になりました」

「誰か世話してくれってていうのか」

「いやそうじゃありません」

「相手はいるのか」

「ええまあ。先日、思い切ってプロポーズしたら、まあイエスと取ってもいいような返事を貰いまして」

「なんだ、そこまで話が進んでいるのか。隅におけないな。そりゃおめでとう」

皆川は出されたお茶をガブリと呑んで笑顔になった。

「それがそんなにめでたくもないんです」

「なんで？」

「実はまだ彼女の親には何も言ってないんですよ。彼女の父親というのが、大の刑事ぎらいでして。言えば反対されるのは目に見えているもんで、つい言いそびれて」

「それはよくないな」

「ええ。よくないんです。それに、彼女の返事というのも、あくまでも父親が賛成してくれたらという条件つきなんです。それで、この先、どうしたらいいか、大先輩として皆川さんの意見を聞かせてもらえたらと思って」

「この先もへったくれもない。一日も早く打ち明けるしかないんじゃないのか。あたって砕けろの精神で」

皆川は気楽な口調で言った。

「いやあ、あたったら砕けますよ」

「その父親というのは、なんで刑事が嫌いなんだ？」

「嫌いというより、危険な職業だから、そんなところへは大事な娘はやれないということらしいんですよ」

「もっともな意見じゃないか。おれだってそう思うよ」

「そうでしょうね」

加古は溜息をついた。

しばらく二人は向かいあって、運ばれて来た盛り蕎麦を啜っていたが、

「それじゃ、もしもですよ。夕美さんが刑事と結婚したいと言い出したら、やっぱり反対しますか」

加古は気を取り直して言った。

「反対もなにも、うちの娘は間違っても刑事と結婚したいなんて言い出さないよ。あいつは刑事が大嫌いだからさ」

皆川はにべもなく言った。

「いや、だからもしもですよ。もしも夕美さんがそう言い出したら、どうしますか」

「だから、そんなもしもはないって。それに、おれのことを聞いたってしょうがないだろう？　問題はその彼女とやらの父親がどうでるかなんだから」

皆川は不審そうに加古を見た。

「え、ええ。まあそうですが。もし皆川さんなら、どんな反応をするかなと。父親の反応なんて似たようなものですから、それによってこちらも対策がたてられます」

「そんなもんかね」

「そんなもんです」

「で、何やってるんだ、その父親は？」

「職業ですか」

「うん」

「公務員ですよ」

「へえ」

仕事のことになるとあんなに鋭い勘を働かせる人が、どうして個人的なことになると、こうも鈍感なのだろう。

加古はそう思って舌打ちしたくなった。

「それでどうですか。もし皆川さんだったら？」

「まあ賛成はしないな」

「やっぱり」

「しかし、話してみなきゃわからないよ。おれなら賛成はしないが、その父親だったら賛成しないとも限らない」

「皆川さんが賛成しないなら、彼女の父親もきっと賛成しませんよ」

「そうかなあ」

そうですよ。

「皆川さんのときはどうだったんですか」

「どうって？」

「その、奥さんとはどういう風に。周囲の反対とかなかったんですか」

「うちは見合いだったからね。別に問題はなかったよ。最初のうちは」

皆川の顔がふと曇った。

「最初のうちはというと？」

皆川は蕎麦を食べるのをやめて、まともに加古の顔を見詰めた。

「家内のこと聞いたことないか？」

「いえなにも」

加古は皆川の視線の強さにややたじろぎながら首を振った。

「いつか伺おうと思ってたんですが——」

「飯どきに話すような話じゃないが」

皆川はそう前を振って、割箸を置いた。

「でも、反面教師ってこともあるからな」

そうつぶやき、

「おれの二の舞にならないように、話しておいてやろう」

「はい」

加古はゴクリと唾を飲み込んだ。

「七年前に今の家を買ったんだ。親子三人が住むには十分すぎる大きさだったと思う。おれは学歴がないから、人の何倍も頑張らないとでかい家どころか、家一軒満足には買えないと思っていた。だから、かなり無理をした。そうやって、ようやく家を建てて、家族への責任を果したつもりでいた。家内も娘もボロアパートを引き払って、庭のついた一軒家に住めて喜んでいるとばかり思いこんでいた。

ところが、新しい家に住みはじめて、半年もしないうちに家内の様子がおかしくなった。というか、実は、その前から少しずつおかしくなっていたんだが、それに薄々気が付いていながら、見て見ぬ振りをしてきたんだ。忙しかったし、体の病気というわけではなかったから、たいしたことないと思ってた。そのうち、家内の様子が目に見えておかしくなった。娘も変だと言う。医者に見せたら、鬱病だと言われた。しばらく、入退院を繰り返していたんだが、ある日の夕方、家を抜け出して、近くの遮断《しゃだん》機《き》が降りかけている踏み切りの中にフラフラと入っていた。その踏み切りはなぜか、家内が好きな場所で、近所の人の話だと、夕方になるとそこへフラッとやってきては、通りかかる電車を眺めていたそうだ。勤め帰りの人をいっぱい乗せて走る電車をね。いつもはただ見るだけで、気が済むと一人で家に戻ってきたんだが、その日だけは違った。家にいないことに気が付いた夕美がすぐに追い掛けてきたが、間に合わなかった。家内は警報機の鳴っている遮断機をくぐりぬけて夕美の目の前で電車にはねられたんだ」

加古はしばらく声が出なかった。

「自殺だったんですか」

「わからない」

皆川は爪楊枝を使いながらそっけなく言った。

「自殺する気だったのか、ただ単に踏み切りを渡って向う側に行きたかっただけなのか。ただひとつだけわかっていることは、家内が鬱病にかかったのは、おれのせいらしいということだけだ」

「どうして――」

「忙しすぎたんだよ。家を買ってもそれで済んだわけじゃない。ずっと返済していかなければならないローンが残っている。休むわけにはいかなかった。あの日も、厄介な事件を抱えていて、何日も家に帰ってなかった。その事故が起きたときも、仕事で青森にいて、すぐに駆け付けることができなかった。家内は神経がおかしくなったころから、よく『帰りたい、帰りたい』って独り言を言ってたよ。どこへ帰りたいのかと聞いても答えない。ただ帰りたいと呟くだけで。自分の家にいながら帰りたいって言うんだよ。どこへ帰るっていうんだ。もといたあの四畳半と六畳のボロアパートか。それとも生まれ育った実家のことだったのか。そして、家内が亡くなって、しばらくして夕美が突然家を出た」

「夕美さんが？」

加古は驚いたように目を見開いた。そんなことは初耳だった。

「ここはお父さんが一人で働いて建てた家だから、どうぞお父さんが独りで住んでください。そんな書き置きを残して。おれは腹がたったからそのままうっちゃっておいた。夕美は中学を卒業したばかりだった。そんな子供がどうやって独りで暮らしていけるかと思ったんだ。そのうち食えなくなって泣きべそかいて戻ってくるに決まってる。そう思ってた。でも夕美は帰ってこなかった。おれは捜しにも行かなかった。忙しかったし、意地にもなっていたからだ。おれは誰もいなくなった家に独りで暮らした。めったに帰らなかったが、たまに夜中に帰ってみると家は真っ暗だ。どこにも明かりがついていない。朝目をさましても誰の声もしない。光だけが差し込んでいる。朝食のしたくをする音も、階段をかけ降りる足音も何もない。木の香りと青畳の匂いに満ちたがらんとした何もない家だった。こぎれいなだけのただの器。そんな家に丸一年暮らしてみて、ようやくわかったんだよ。広すぎる真新しい家に独りで住むということがどういうことか。狭い所ならなんとか耐えられることが、なまじ広いと耐えられない。心のなかが少しずつ乾いて虚ろになっていくような感じだった。仕事で殆ど外にいるからまだ耐えられたが、もしこんな風にしてずっと家の中に居たらと思うとぞっとした。はじめて家内の気持ちが少しわかったんだ。

おれはさ、それまでは二人のことは、女のわがままだと思っていたんだよ。こっちが汗水流して働いているのに、あいつらは雨風の入らない家でのほほんとしている。それをああだこうだと言うのは女の贅沢ってもんだ。そう思ってた。でもそうじゃないってことがわかったんだ。

家族のため家族のためとか言いながら、本当は自分の自己満足のためにあの家を建てたんだってことがさ。二人ともそのことを知っていた。だから、あれを自分たちの家だとは認めてはいなかったんだ。

たぶん、家内はあの踏み切りを渡って、自分が心に描いていた本当の家に帰りたかったのかもしれない。そんなに大きくなくて、庭もついていなくて、なんなら持家でなくてもいい。夕方になると、夫が勤めから戻ってきて、家族揃って夕飯を食べるのが当たり前のような家。家内が欲しかったのはそんな家じゃなかったのかって思うようになった。おれは家は作ったが、家庭は作らなかった。そのことがようやくわかった。そりゃ、もっと社交的で利口な女だったら、近所付き合いとかカルチャーセンターとかで、亭主元気で留守がいいとばかりに面白おかしく暇を潰すこともできたんだろうが、人づきあいが苦手で不器用な女だったからそれもできない。広い家のなかでまともに空虚さと向かいあってしまったんだ。そうやって少しずつおかしくなっていった。

そのことがわかって、夕美を連れ戻そうという気になった。夕美らしい娘を見掛けたという情報を得ると、暇を見ては、どこにでも出掛けた。そして、とうとうある日、夕美から葉書をもらった。そこに住所が書いてあった。おれはすぐに会いに行った。夕美は横浜のスナックに、年齢をごまかして住み込んでいたんだ。ちょうどその頃、そこのマスターが喧嘩か何かで刺されて死ぬという事件が起きていた。そんなこんなで夕美は疲れていたんだろう。割合素直に戻ってきたよ。一年遅れて高校へ入った。そうして、今でこそひとつ屋根の下で、仲の良い父娘のように何くわぬ顔して暮らしているが、夕美はまだおれのことを許してないと思う。一生、許さないんじゃないのかな。母親を殺したのは父親だと今でも思っているんだろう。だから、どう間違っても、あいつは刑事だけは好きにならないんだよ。母親と同じあやまちは決して犯さないはずだ」

「それは違うと思います」

加古は思わずそう口に出していた。

「違うって何が？」

「夕美さんは皆川さんを許してますよ」

「どうしてそんなことがわかるんだ？」

「そうでなければ」

加古は一瞬しまったと思ったが、もう口の端まで出かかった言葉は飲み込めない。

「そうでなければ、お母さんと同じ道を選ぶはずがないからです」

ついそう言ってしまった加古滋彦の顔を、皆川宗市はうっすらと口をあけて穴のあくほど見詰めていたが、喉がひりついたような声で言った。

「それはどういう意味だ？」

7

午後五時すぎ、再び玄関のチャイムが鳴った。

向坂典子がドアを開けると、果物かごをさげた高城康之が立っていた。

「風邪だと聞いたので、そこの果物屋で買ってきました。どうぞ」

照れくさそうに果物かごを差し出す。

「ああそれはどうも」

典子はしかたなく受け取った。

「おかげんの方、どうですか」

高城は開いたドアの隙間から中を覗きこむような仕草をした。

誰かいるか確かめようとしているみたいだ。典子はふとそう思った。

「ええ。もうだいぶ良くなりました」

そう言って、玄関先で追い払おうとしたが、高城はなかなか帰ろうとしなかった。

昨日も辞表を出して校長室を出てきたところを待っていたように外に立っていた。最初は気があるからつきまとうのかとも思っていたが、どうもそれだけではないらしい。何か他に理由があるようにも思えた。

果物かごだけ貰って追い返すわけにもいかないので、典子は、「どうぞ」と言って高城を中に入れた。

「昼間、学校の方に刑事が来てたようですが、こちらには来ませんでした?」

リビングのソファに座ると、世間話でもするような口調で言う。

「来ました」

「やっぱりね。で、あれから何か進展はあったようですか」

事件のことが知りたいのだろうか。

「昨日、殺された生徒の父兄のところに妙な手紙が届いたとかで、それを見せにきたんです」

「妙な手紙？」

典子は例の四通の手紙のことを話した。

「そうですか。もしそれが犯人からだとすると、やはり一種の性格異常者ですね」

高城は考えこみながら言った。

「わたしもそう思います。喫煙や万引くらいで処刑なんて、まともじゃ考えられません。そんな程度のことで処刑していたら、天川の生徒はいなくなってしまいます」

「まったくです。カンニングなんか、ぼくなど何度も見て見ぬ振りをしてきましたよ。喫煙にしても、学校帰りに寄った喫茶店で、どうも見たことのある顔の連中がスパスパやっているのに出くわしたこともありますが、まあ、とがめだてしたことはありませんね。ああいうのは強制的にやめさせようとしても駄目でしょう。自発的にやめるのが一番ですから」

　高城はそう言って苦笑した。

「それで、警察はなんと言ってたんですか」

「はっきりとは言いませんでしたが、かれらもただの悪戯とは考えていないようでした。あんな手紙が来たことで、同一犯の仕業という確信を持ったようでした」

「なるほど。しかし、犯人も大胆なことをしますね。下手をすると証拠になりそうなものをわざわざ出すなんて。よほど挑戦的な性格なのか、あるいは、心のどこかで早くつかまりたがっているのか。でも、どちらにせよ、そんな手紙を出したということは危険な兆候のような気がします」

「危険な兆候って？」

　典子はぎょっとしたようにたずねた。

「犯人はまたやりますよ」

「まさか次は浅岡和子が？　でももういくらなんでも呼び出しには応じないでしょう。わたしからもきつく言ってありますから。もし知り合いの名前をかたって電話やファックスがかかってきたら、ちゃんと相手に確かめなさいって」

「もしかしたら、今度は呼び出すという手口は使わないかもしれない」

高城は独り言のように言った。そして、半ば無意識のように、ワイシャツの胸ポケットを探ってラークを取り出した。一本くわえ、ライターで火をつけようとして、はっと気付いたように、

「どうもすみません。夢中になるとつい」

と、煙草を口からはずした。

「いいですよ。お喫いになっても」

典子は微笑した。立ち上がると、来客のときだけ出す灰皿を持ってきた。

「そうですか。それじゃ、一本だけ」

高城はほっとしたような顔になって煙草に火をつけた。旨そうに一口喫ってから、

「今までの手口からみると、犯人は電話やファックスを使って、生徒たちを外におびき出してから殺害してます。西田エリカの場合は違いますが。でも、もうこの手口は警戒されてしまっている。としたら、今度はその逆、つまり、被害者を外に呼び出すのではなくて、犯人の方からやってくるという方法を取るような気がするんです。大胆な手口を好む犯人の性格から見て、こちらの裏をかくとしたら、それが一番ありそ

うな予感がしますね。たしか浅岡のうちは夫婦でレストランを経営しているんじゃありませんか」

「そうです。青山でロシアの家庭料理専門の店とか」

「ということは、夜は両親は不在ということになりますね」

「でも、中学生の弟が一人いるはずです」

「ああそうか。だったら大丈夫かな」

高城は安心したように少し笑った。

「ただ——」

典子はあることを思い出した。

「その弟というのは、塾に通っていて、夜はいないという話を前に聞いたことがあるような」

「それは心配だな。まさかとは思うが——」

高城は煙りと共にそんなつぶやきを吐き出した。

8

七月二十二日、水曜日。午後八時。

電話が鳴った。自分の部屋でスーツケースに着替えを詰めていた浅岡和子は、どきっとして、鳴り続けているコードレスの電話機を見詰めた。

「もしもし?」

通話ボタンを押すと、おそるおそるという感じで呼び掛けた。

「カズコ?　あ・た・し」

耳に飛び込んできたのは、親友の砂川睦月の声だった。

「なんだ、ムッキか」

とたんにほっとして、和子は受話器を持ったまま、ベッドに寝転んだ。

「まだ生きてた?　今の電話、もしかしたらとか思ったんじゃない」

睦月のくすくす笑い。

「正直いって、一瞬、ドキってしたよ」

「今、独り？」

「うん」

「彰《あきら》は？」

「塾」

「ねえ、独りで怖くない？　次、あんたの番だよ」

「変なこと言わないでよ。ダイジョウビ。あたし、そんな間抜けじゃないよだ。それに明日から東京にいないもん」

「え、どっか行くの？」

「うん。苫小牧で牧場やってる叔父さんのうちに行くんだ。あたしんち、両親が店やってて夜いないじゃない。彰は毎日塾だしさ。例の事件のことで、叔父さんが心配してさ、夏休みだし、学校はじまるまで、いっそこっちで暮らさないかって言ってくれたのよ。一度牧場で暮らしたいって思ってたし、犯人もまさか北海道までは追い掛けてこないでしょ」

「そうした方がいいかもね。あのさ、実はね、耳寄りな情報がはいってさ、みんなに電話かけまくってんの」

「なに、情報って？」

「西田や松木のところに変な手紙が来たんだって。またまたうちのおふくろがどっかから聞き込んできたんだ。あのシト、情報局だから」

「なんなの、その手紙って？」

「それがさ、犯人かららしいんだよ」

「うっそー」

「ほんとほんと。それでね――」

「うんうん」

受話器を持ったまま身を乗り出したとき、玄関の方からピンポーンというチャイムの鳴り響く音がした。

和子は受話器を耳から離した。

「あ、ちょっと待って」

「なによ」

再びチャイムの鳴る音。

「誰か来たみたい」

「誰よ、今頃」

「わからない。彰が帰ってくるには早すぎるし、きっと新聞かなんかの集金だと思う」

「犯人だったりして」

「まーさか」

和子は笑った。

三度めのチャイム。

「もううるさいな。ちょっと待ってて。あとですぐかけ直すから」

そう言うと、和子は電話を切って、部屋を出て行った。

9

午後九時すぎ。

「じゃあな」

塾仲間と家の前で別れた浅岡彰は、自転車を乗り捨てるように玄関の前に置くと、家のなかに入った。

スニーカーを脱いでいると、居間の電話が鳴っている。

姉の和子が出るだろうと思っていたが、風呂にでも入っているのか、電話は鳴り続けている。

彰は舌打ちして居間のガラスドアを開けた。開けたとたん、「うわっ」と身をのけぞらせた。何かブーンと唸って顔にぶつかってきたものがある。

見ると蜜蜂だった。

部屋の中に閉じ込められた蜜蜂が一匹、狂ったようにあちこち飛び回っていた。

なんで、蜜蜂なんか。どこから入ってきたんだろう。

彰は窓を開けて蜜蜂を追い出そうとしたが、蜜蜂は飛び回るだけでなかなか出て行こうとしなかった。

蜜蜂って夜でも外にいるのかな。塾に行く前にはこんなのいなかったのに。

そう思いながら、まだ鳴り続けている、入り口そばのコーナーボードの上の電話機を取った。居間にあるのが親機で、子機がそれぞれ、両親の寝室と二人の子供の個室についている。

受話器を取り上げ、ふと見ると、テレビの前に置かれたソファの背もたれにちらっと黒い髪の毛が見えた。

「なんだ、姉貴、いるなら電話くらい出ろよな」

彰はぶつくさ言った。

和子は居眠りでもしているのか、頭をかしげたまま、何も答えない。

「カズコ?」

受話器を耳にあてるや否や、いらついた声が飛び込んで来た。

「彰ですけど」

この声はたしか砂川とかいう姉の友人だ。

「彰君? 和子はどうしたのよ。あとですぐ電話するって言うから、お風呂にも入らないで待ってたんだよ。それなのに一時間たってもウンともスンとも……」

うるせえな。

耳元でわめかれて彰はすぐに保留ボタンを押した。

「姉貴。電話だよ」

ソファで寝ている和子に声をかける。

和子は返事をしなかった。

まったくもう、ボケ老人みたいに居眠りこいてんじゃねえよ。

「おい。電話だってば」

向かっ腹をたてて、ソファの方に近寄った。

和子はソファにもたれかかるようにして目を閉じている。

「聞こえないのかよ……」

そのとき、彰は、テーブルの上のガラスの灰皿の上にねじ曲がった煙草の吸い殻がひとつ入っているのに気が付いた。塾へ行く前にはなかったものだ。

姉貴のやつ、煙草なんか喫ってたのかな。

「おいってば」

姉の肩をつかんで揺さぶった。すると、和子の体はソファの背もたれからずるりと滑り落ちた。

姉貴？

彰は自分の手に触れた姉の体の異様な感触にぎょっとした。

まさか？

おそるおそる姉のまっしろになった顔に手をあてた。冷たい。息もなかった。

死んでる。

彰は真っ白になっていく頭のなかで、ブンブンと飛び回る蜜蜂の羽根の音だけを聞いていた。

VI　一人が大法院に入って

1

天川学園の生徒がまた一人、自宅で殺害されたという知らせを受けたとき、皆川宗市がつぶやいた言葉は、「また一人いなくなったか」だった。

現場に駆け付けると、すでに初動捜査ははじまっていた。一見したところ、浅岡和子の遺体は奇麗だった。後頭部に殴られたような跡があるだけで、他に傷はない。しかし、よく見ると、首筋のあたりに注射針の跡が残っていた。予期していた通り、犯人は、青酸カリの溶液を入れた注射針を、殴られて気絶した和子の首に射したらしい。芝居のなかの老嬢、エミリー・ブレントの殺され方と同じだった。死亡推定時刻は、今夜の八時半前後ではないかという。

「ここで殺されたんでしょうか」

加古滋彦が言った。

「おそらくな」

皆川はそう答えた。もし外に呼び出して殺したなら、わざわざ自宅まで死体を運んでくるわけがない。犯人は被害者を電話などを使って外におびき出す手口をやめて、自ら、被害者の自宅にやってきたのだ。

「両親は？」

「さっき、連絡を取りました。もうすぐ駆け付けてくるはずです。青山で夫婦でレストランを経営してるんです」

若い刑事が言った。

「それじゃ、誰が連絡してきたんだ？」

と皆川。

「被害者の弟です。塾から帰ってきて死体を発見したそうです。今、隣の部屋で話を聞いていますが」

それを聞くと、皆川は隣の和室に行ってみた。青い顔をしてかすかに震えている中学生くらいの少年がいた。

「きみは何時に家を出たの？」

尋問していた刑事に代わってそうたずねると、少年は、「七時頃です」と答えた。

「それじゃ、七時からずっとお姉さんは独りで家にいたわけかね？」

「そうだと思います。あの、さっき、姉の友達の砂川という人から電話がかかってきて、八時頃に電話したときは、姉は元気だったって言ってました。それが、話してる途中で、玄関のチャイムが鳴って、姉が誰か来たみたいだから、あとでまたかけ直すって言って電話を切ったそうです。それが、一時間待っても電話がかかってこないので、どうしたんだって」

少年はしどろもどろにそれだけ言った。

「玄関のチャイムが鳴って、誰か来たんだね？」

皆川は念を押した。

「そう言ってました」

砂川というのはたぶん、同じ演劇部の砂川睦月のことだろう、と皆川は思った。あとで彼女に会って確かめてみる必要がある。

「無理やり押し入ったような痕跡はないので、犯人は被害者にドアを開けてもらって中にはいったようですね」

かたわらの刑事が言った。

「つまり、顔見知りか」

皆川はつぶやく。べつに新しい発見でもなんでもない。一連の事件の犯人が被害者たちの知り合いで身近にいる人物だということは最初からわかっている。今度の事件でもそれが確認されただけだ。

「しかし、わからないなあ。これだけ続けて事件が起きているのに、被害者たちはなぜもっと警戒しないのか。犯人は、顔見知りで、しかも学校関係者かもしれないということはもうわかっているはずなのに。なぜ警戒せずに家の中に入れてしまったのか」

「被害者にとって、よほど安心感を抱かせる人物なのでしょうかね」

「あの、刑事さん」

少年がおずおずと言った。

「ぼくが帰ってきたとき、居間に蜜蜂がいたんです」

「蜜蜂？」

「蜜蜂です。家を出るときにはそんなものいなかったのに。刑事さんたちが来る前に開いた窓から逃げて行ってしまいましたけど」

「夜に蜜蜂が勝手に入りこんだとは思えませんね」

別の刑事が言った。

「犯人の仕業だろう。五人めのインディアンは蜂に刺されて死ぬんだ。昼間のうちにつかまえて持ってきて、わざわざ放していったに違いない」

「何を考えているんだ、この犯人は」

「他に気が付いたことはないかね?」

皆川は少年にたずねた。

「そういえば、煙草――」

少年ははっとしたように言う。

「煙草?」

「煙草の吸い殻です。居間のテーブルの上の灰皿にあった。ぼくが家を出る前は灰皿は奇麗でした。だから、姉貴がこっそり喫ったのかなと思ったんですけど、もしかしたら」

「犯人が喫ったものかもしれないというんだね?」

「はい」

少年は頷いた。

皆川はその部屋を出ると、再び居間に戻った。あちこちで指紋の採取をしている鑑識班の間を縫って、テーブルの上の灰皿を見ると、たしかに、根本近くまで喫い切って、ねじ曲がったような煙草の吸い殻がひとつ入っていた。銘柄はラークだった。吸い方からして、男のようだ。

「犯人のやつ、今度は遺留品を残していったな。ここで喫った煙草をうっかり持ち帰るのを忘れたらしい」

皆川はハンカチを出して、それに煙草の吸い殻を包んだ。付着した唾液から、犯人の血液型がわかるかもしれない。

2

その夜。

向坂典子はようやく訪れた浅い眠りを電話の呼び出し音で破られた。ベッドから顔だけねじって、サイドテーブルの置き時計を見る。夜光塗料を塗った緑色の針が午前二時半を差していた。

誰だろう。こんな時間に。

深夜の電話というのは、何か不吉な気分にさせられる。たんに眠りを妨げられたからというだけではなく、深夜に鳴り響く電話のベルはたいてい不幸を知らせることが多いからかもしれない。

典子はパジャマのまま、リビングの電話を取った。

「もしもし、向坂ですが」

そう言うと、

「江島です。こんな夜分にすみません」

せっぱつまったような江島小雪の声がした。

「江島さん？　何かあったの」

典子は受話器を持ち直した。

「浅岡和子のこと聞きましたか」

「ええ、聞いたわ」

典子は疲れた声で答えた。そのことで今までずっと眠れなかったのだ。それでもようやくうとうととしかけたとき、電話のベルが鳴ったというわけだった。

「あたし、ずっと考えていたんです。今度の事件のこと。ずっとひっかかることがあって。それはなんだろうって。それが、なんだかわかったような気がしたんです。それで誰かに聞いてもらいたくて、非常識だとはわかっていたけど、先生のところに電話しようと思いたったら矢もたてもたまらなくなって」

小雪の声は取り乱してはいなかったが、興奮を押し殺したような声音だった。

「何がわかったの？」

典子の方がすこし冷静になって言った。

「犯人です」

「犯人って……」

「今度の事件の犯人です。西田エリカや松木晴美や佐久間みさや川合利恵、それに浅岡和子を殺した犯人です。いまから、その推理、話します。聞いてくれますか」

「ちょっと待って。あなた、一体どこからかけてるの？　こんな時間に電話なんかかけてたら、おうちの人が起きてこない？」

「大丈夫です。祖父母は二階で寝てますから。電話、一階にありますから、小声で話せば聞こえません。それとも、先生、迷惑ですか」

「迷惑じゃないけど。明日、昼間ゆっくり——」

「それじゃ、遅いかもしれません。次に狙われるのはあたしです。その次は先生かもしれないんですよ。アームストロング医師役をやったのは先生なんだから」

「わかった。話して」

典子はコードレスホンを耳にあてたまま、リビングのソファに腰をおろした。

「まず、あたしが気になっていたのは、いつか七夕祭のときに、松木晴美が部室に来たときに犯人らしき人物と擦れ違ったはずなのに、そのことを何も言わなかったということです。晴美が何も言わなかったのは、その人物を犯人とは夢にも思わなかったか、あるいは、犯人と知ってかばうつもりだったか、そのどちらかだと思いました。でも、もうひとつ可能性があることに気が付きました。それで、もしあたしの推理通りだとすると、その後の事件もひとつの形が見えてくるんです。なぜ、犯人は松木や佐久間みさの死体をわざわざ自宅近くまで運んだのか——」

小雪は話し続けた。典子は相槌もうたずに受話器を痛いほど握り締めて聞いていた。

ふと見ると、カーテンを閉め忘れたリビングの窓に自分の顔が映っていた。

「あの、あたしの推理、おかしいですか」

話し終えて、小雪は言った。

「いいえ。そんなことないわ。幾つかのことを除いては、あなたの推理はとてもつじつまがあっている。犯人がなぜクリスティの芝居の見立てをしなければならなかったのか、あなたの推理だと納得が行く。つまり、犯人は――」

典子は彼女もよく知っている人物の名前を言った。

「――だと言いたいわけね？」

「そうです。たしかに、あの先生が犯人だと考えると、幾つか矛盾する点はあるんですが、でも、他のことは全部筋が通るんです」

「そうね。あたしもそう思う。でも問題は証拠だわ。あなたのは推理だけで、証拠がない。想像にすぎないと言われたらそれまでね」

「そうなんです。だから、警察に言っても無駄なような気がして。それに、警察が彼を少しでも疑っていたら、もう何かつかんでいるはずです。警察はあてになりません。犯人をつかまえる気がないのかもしれません」

「同感だね。でも、急なことで考えがまとまらないわ。何か良い方法がないか、あたしも考えてみる。考えがまとまり次第、こっちから電話するわ。それでいい？」

「いいです」

3

電話が鳴ったのは、それから一時間くらいしてからだった。いつもは二階の寝室で休むのだが、すぐに受話器を取れるように、小雪は電話機のそばで横になっていた。電話に出るのが遅れると、ベルの音で二階の祖父母が目をさましかねない。もっとも横になっても、まんじりともしなかった。

小雪ははね起きると、呼び出し音が二回鳴らないうちに受話器を取った。

「小雪さん？　あたし、向坂」

典子の声だった。

「ええ」

小雪は声をひそめた。

「いいこと思いついたわ。あたしたちで証拠をつかむのよ」

「どうやって？」

「彼を罠《わな》にはめるの。とても危険なやり方だけど、あなた、やる勇気ある？」

「なんでもします。このまま手をこまねいているより、どんな危険なことでも何かした方がいい」

「そう、それならやりましょう。あたしだって人ごとじゃないんだから。いい？　よく聞いて。河口湖にうちの別荘があるの。夏場だけ利用するんだけど。明日二人でそこへ行くのよ。どう行ける？」

「行けます」

「計画だけ話すとこうなの。別荘へ彼を呼び出すの。それはあたしがやるわ」

「でも呼び出すって言っても——」

「さっき、あなたが話してくれた推理ね、あたしが思いついたことにするのよ。それで、彼を脅迫するの」

「脅迫？」

小雪は思わずぎょっとして声をあげてしまった。

「そう。彼が犯人だという証拠をつかんだ。警察に知られたくなかったら、取引しましょう。とか言うのよ。テレビドラマなんかでよくやるじゃない。あれをやるの。彼が犯人なら、なにをさておいても来るはずだわ。それで、あたしがあの推理を話す。そのときの反応を全部テープに録音するのよ。もし、彼が犯人なら、そこまで知られてしまったあたしを生かしておくはずがない。別荘に二人しかいないと思いこんでいたら、よけい本性を表すでしょう。たぶん、その場で殺そうとするわ。そこへ隠れていたあなたが出てくる。どう、こんな計画は？　とても危険なやり方だけど、一気に片がつく方法だとは思わない？」

「でも、相手は男です。いくら二人でもあたしたちだけでとらえることができるでしょうか」

小雪はやや不安そうな声で言った。

「それなら大丈夫。あたし、父の猟銃を持っていくから。あなたはそれを使えばいい。いくら女子供でも、銃を持っていれば、相手もおいそれと手は出せないはずよ」

「でも、あたし銃なんて使えません」

「実際に撃てとは言ってないわよ。あくまでも威《おど》すだけ。どう？　やる？　必ずしも安全なやり方ではないけれど」

「やります」

小雪はきっぱりと言った。

「それなら、明日、朝七時に新宿駅で落ち合いましょう。彼の方にはあたしが電話しておくから」

「わかりました」

4

七月二十三日。木曜日。午前七時すぎ。

江島小雪が新宿駅の待ち合わせ場所に行くと、すでに向坂典子は来ていて、駅のベンチに人待ち顔で座っていた。襟をたてた白のポロシャツにブルージーンズという恰好で、髪をポニーテールにして、サングラスをかけている。ちょっととっぽい女子大生みたいだ。スニーカーを履いた両脚の間には、細長い革のケースをたてていた。

小雪の方は白のTシャツに黄色の短パン。束ねた髪に登山帽子を目深に被っている。

背中には黒のデイパック。まるで男の子のようないでたちである。

「あれから眠れた？」

小雪に気が付くと、典子はサングラスを鼻までずり落としながらたずねた。ベンチにはルイヴィトンのボストンバッグが置かれていた。

「あんまり」

小雪は首を振った。あんまりどころか、全く眠っていなかった。頭の芯が熱を持ってジンジンしている。

「あたしもよ」

典子はそう言って、ちらとピンクのルージュを引いた唇から白い歯を見せた。

「うちには何て言って出てきたの？」

「しばらく向坂先生の別荘に泊めてもらうって。家族の人も一緒だって言ったら、祖父母はその方がいいだろうって許してくれました」

「そう」

「彼に話つけたんですか」

「ええ。午前十時に来いって言っておいた。あたしたちが別荘に着くのは、九時すぎだから、そのくらいの時間がちょうどいいでしょう。彼は二つ返事でオッケーしたわ。あの感触だと、あなたの推理に間違いはなさそうね。あとは証拠をつかむだけ」

典子はニヤリと笑うと、日に焼けた細い腕にはめた男ものの腕時計を眺め、細長い革のケースを片方の肩に背負うと、立ち上がった。

「そろそろ行こうか」

「あの、それ、猟銃ですか」

小雪は典子の肩からぶらさがった革のケースを見ながら言った。

「うんそう。父の。今朝早くに実家に戻って借りてきたの」

典子はけろっとした顔で言うと歩き出した。

「よく許してくれましたね？」

「父もあの事件のことは心配してたてね、別荘へ行くけど護身用に持って行きたいって言ったら貸してくれたわ。これでも、あたし、ライセンス持ってるのよ。といっても、使うことはないと思うけど」

そうであってくれればいいがと小雪の頭にちらと不安がよぎった。

二人は人波にもまれながら、中央線のプラットホームに向かった。

5

同じ頃、高城康之は自分の部屋でボストンバッグに着替えを詰めていた。

「あら、どっかへ行くの？」

ふすまを開けて顔を覗かせた母の絹代が声をかけた。

「うん。ちょっと河口湖まで」

高城は振り返らずに答えた。

「河口湖？　何しに行くんだい？」

「大学時代の友人で、あそこに別荘を持っているやつがいてさ、遊びにこないかって誘われたんだ」

「そんな話してなかったじゃないか」

「昨日、急に言ってきたんだよ」

「もしかしてあの電話かい？　きのう、夜中にかかってきた？」

「ああそうだよ」

「非常識な人だねえ。あんな夜中に電話かけてくるなんて。母さん、あの電話の音で目がさめちゃったよ」

「昔から非常識なやつなんだよ」

高城は思った。まったく非常識なやつだ。向坂典子は。あんな無謀なことを言ってくるなんて。

「それで何泊してくるの？」

「まあ、一泊ってとこかな」

6

「皆川さん。あの煙草の吸い殻に付着していた唾液《だえき》から、血液型が出ました」

加古滋彦はそう言って、鑑識からの報告書を持ってきた。湯飲みについだお茶をのみかけていた皆川宗市は振り向いた。

「血液型はB型ですね。被害者はA型ですから、あの煙草の吸い殻はやはり犯人が残していったものということです」

「ラークか。関係者のなかで誰か、あれをすっていたような記憶があるんだがな。誰だったか――」

皆川は額を押さえてつぶやいた。

7

「江島さん、起きて。そろそろ大月に着くわよ」

特急の窓に頭を寄せているうちに、ついうとうとしてしまった小雪は、隣の席の向坂典子に揺すぶられて、はっと目をさました。

腕時計を見ると、八時二十五分をすぎたところだ。大月で特急を降りて、接続している富士急行に乗り換えなければならない。

目をこすりながら車内を見回すと、降りる支度をしている乗客の姿が目についた。典子は立ち上がり、網棚に乗せたボストンバッグと猟銃のケースをおろしている。

やがて、特急は大月駅へと滑りこんだ。

8

「そうか。思い出したぞ」

皆川は思わず叫んだ。天川学園に向けて車を運転していた加古が皆川の顔を見る。

「なんですか」

「ラークを喫ってたやつだよ」

「誰です？」

「高城だよ。数学教師の高城だ」

「それじゃ、まさか」

「いや、まだやつが犯人だと決まったわけじゃない。ラークを喫うやつなんて他にもいるだろうからな」

「しかし、臭いますね。昨日のアリバイをあたってみましょう」

車は、天川学園の正門を入って駐車場に停まった。

9

高城康之は押し入れを開けた。押し入れの下のダンボールの箱を探って黒いものを取り出す。拳銃だった。といっても、おもちゃである。しかし、実に良く出来ていて、一見したところではとてもおもちゃには見えない。こんなのを持って銀行やコンビニに押し入ったら、本物と見まちがわれるだろう。

まさかこんなものを使うことにはならないと思うが、いざというときのために役にたつかもしれない。念のために持っていこう。

高城はそれをボストンバッグの衣類の間に忍ばせた。

10

「高城先生は今日はおやすみですか」

天川学園の職員室で皆川は言った。同僚の話だと、高城はまだ来てないという。高城の机を教えて貰って、そこの灰皿を調べた。これは奇麗になっている。たしか、研究室があると言っていた。同僚の教師にきくと、三階の東棟だという。階段を昇って数学研究室に入った。一人、女性の教師が机に向かっていたので、高城の机を教えてもらった。

「あった」

皆川は小さく呟いた。

こちらの灰皿には、煙草の吸い殻が二つ、そのままになっていた。やはりラークだ。根本まですい切って、ひと捩《ねじ》りして消すやりかたが、浅岡和子の自宅に残っていた煙草の吸い殻とよく似ている。こういう癖は無意識に出るものだ。

皆川はその吸い殻をハンカチで包んだ。

同僚の女性教師が気味の悪そうな顔でそんな行為を見ていた。

11

「じゃ、母さん、行ってくるよ」

高城はボストンバッグを車のトランクに入れると、玄関まで見送りに出てきた母親にそう言って片手をあげた。

車に乗り込み、シートベルトを付けると、エンジンをかけた。

母親はしばらく見送っていたが、玄関先の靴箱の上に置いた電話が鳴っているのに気が付くと、すぐに中に入った。

絹代が受話器を取ったとき、えんじ色の車はすでに門を出たあとだった。

12

「ではこれから伺いますので」

皆川は事務室の外にある公衆電話の受話器を置いた。

「どうですか？」

加古がのぞきこむようにしてたずねた。

「高城はさっき河口湖に出掛けたそうだ。電話に出た母親の話だと、大学時代の友人の別荘へ行ったらしい。それと、昨日の夜八時から九時にかけて、高城は家にはいなかったらしい」

「アリバイなしですか」

加古が目を輝かせた。

「もう少し詳しい話を聞くために、おれはこれから高城の家に寄ってみる。きみはこの吸い殻を至急鑑識に回してくれ」

「はい」

13

「あ、ここでいいわ」

河口湖の駅前で拾ったタクシーを、別荘風の建物が建ち並ぶ地帯で、典子は停めた。料金を払い、再び猟銃のケースを肩にさげると、先にたって歩き出す。あたりの樹木から降り注ぐ蟬しぐれの中を、小雪はきょろきょろしながらついていく。

一軒のロッジ風の建物の前まで来ると、木の階段を軽い足取りで駆け昇って、典子はドアにキーを差し込んだ。

中に入ると、荷物を床に放り出し、窓のカーテンをすべて開けた。ベイウインドウ風の窓からさんさんと夏の日差しが部屋中に注ぎこむ。

壁にかかった丸い時計が午前九時半になろうとしていた。

「ああ暑い。汗で体がベタベタ。シャワーでも浴びてこようかな」

典子はそう言いながら、ポロシャツの胸元をつまんで風を入れながら、ロッキングチェアに座った。

小雪はデイパックを背負ったまま、十四、五畳はありそうな広いフローリングのリビングルームの中を物珍しそうに見回していたが、部屋の隅に置かれていた、木彫りの熊の彫刻の見事さに目を奪われた。

木彫りの熊は立ち上がり、両手を広げて今にも襲いかかりそうなポーズを取っている。小雪の背丈くらいありそうだ。

「それ、けっこう迫力あるでしょ？　北海道から取り寄せたんだよ」

典子はロッキングチェアを前後にゆすりながら、笑った。

「さてと、彼が来る前にもう一度打ち合わせしておこうか」

勢いをつけてロッキングチェアから立ち上がると、典子はそう言った。

小雪は頷いた。

「まず玄関のチャイムが鳴ったら、あなたはあの部屋に隠れる」

典子はそう言いながら、リビングに接続するドアを指さした。

「これを持ってね」

床に放り出しておいた猟銃を拾いあげると、革のケースから取り出し、それに弾をこめた。

「弾、こめるんですか」

小雪は驚いたように言った。

「念のため。万が一、威しだけではだめな場合、いざっていうときのために。大丈夫。そのときは正当防衛ってことになるから。むこうが抵抗さえしなければ、誰の血も流れないわ」

典子は涼しい顔で言った。

「それで、彼が入ってきたら、あたしは、例の推理を話す。そのときのやりとりを全部これに録音する」

典子はボストンバッグを開いて、中から小型のテープレコーダーを取り出した。

「その反応を見て、取引の話をする。法外な金額をふっかけるのよ。彼にはとうてい払えそうもないような額を。彼は当然、あたしの口をふさごうとする。その瞬間、あなたを呼ぶ。あなたは銃を構えて出てくる。彼の自由を奪ってから、あたしは警察に電話する。あとは警察が来るのを待てばいいというわけ」

「自由を奪うって、縛るとかなんとかするんですか」

「まあそんなところね」

典子はそう言い、

「わかった？」

と、小雪の顔をのぞきこんだ。

「はい」

「危険だけど、できるわね？」

「できます」

「そう。じゃ、あたしはちょっとシャワーを浴びてきます」

典子はそう言って笑うと、奥に通じるドアを開けて中に入って行った。

それから十分くらいして、リビングの椅子に腰掛けていた小雪は、表に車の停まったような音を聞いて、はっとした。思わず時計を見る。まだ十時までには間があった。彼だろうか。バタンと車のドアを閉めるような音。

ちょうど奥のドアが開いて、典子がタオルで髪を拭きながら出てきた。

「ああさっぱりした。あなたもどう？」

呑気な顔で言う。

「今、表で車の音がしました。来たみたいです」

「そう？」

典子の顔が途端にきゅっと引き締まり、腕時計を眺めた。

「わりあい早かったわね」

そうつぶやいたとき、表のチャイムが鳴った。二人は顔を見合わせる。

「おいでなすったようだ。いい？　さっき言ったこと忘れないで」

「はい」

典子は猟銃を小雪の手に押し付けると、隣の部屋に行けというように背中を押した。

「くしゃみとか咳とかしちゃだめだよ。彼にはあたしがここに独りだと思わせなければ意味ないんだから」

「わかってます」

もう一度チャイムが鳴った。

典子はドアを閉めた。小雪は猟銃を抱えたまま、部屋に取り残された。そこは四畳ほどの洋室で物置がわりに使われているらしい。ダンボールや古い雑誌の類いが束ねて雑然と積み上げてある。カーテンがしまったままなので薄暗い。

「いらっしゃい」

ドア越しに典子の声がした。人の入ってきた気配。ドアの閉まる音。

「昨日、電話を貰ったときは驚いたよ。きみがこういうことをする人だとは夢にも思わなかった」

男の声がした。彼の声だった。

14

「では、今朝になって、急にその友人の別荘へ行くと言って出掛けたんですね」

皆川宗市は、高城の母、絹代にたずねた。

「そうなんですよ。そんな話、何もしてなかったのに」

絹代は持ってきた紅茶を皆川の前に置きながら首をかしげた。小柄で全体にまるまっちい気のよさそうな顔をした初老の女性だった。

「昨夜、というか今朝がたですけど、電話がかかってきたんですよ、そのお友だちから。午前三時すぎでしたか。そんな時間に電話してくるなんて、非常識な人もいるもんだと思いましたよ」

「河口湖のどこの別荘だと言ってました？」

「それがなんにも。ただ河口湖の友達の別荘だとしか。ふだんから無口な子で聞いたことしか答えないんですよ」

「その友人の連絡先はわかりますか？」

「いいえ。それも聞いてません。あの一体、康之がなにか――？」

絹代の顔に不安そうな影が宿った。

「昨日ですが、午後八時から九時にかけて、康之さんはおられなかったそうですが、どちらに？」

「いったん学校から帰ってきて、友人と食事の約束があると言って出て行ったんです。

帰ってきたのは、十時頃でした。なんでも、その友人に約束をすっぽかされたとかで、腹をたてていました」

「その友人というのは？」

「それも聞いてないんです。もう大人ですから、あんまり母親がくちばしをはさむようなことはしたくなくて」

「康之さんの血液型は？」

「は？」

「血液型ですよ」

「たしかB型だと――」

「ファクシミリを持っていますか」

「ふぁ？」

年配の母親はきょとんとした顔をした。

「いや、ちょっと、康之さんの部屋を見せて貰えませんか」

断られたら、礼状を取って出直すしかないなと考えながら、皆川は言った。

「あの、そんなことしてどうするんですか。康之が何かしでかしたんですか。まさか、例の事件の――」

絹代は酸欠の金魚のように口をパクパクさせた。

「ただ見るだけです。すぐに済みますから。どちらですか」

絹代がためらっているようなので、皆川はさっさと行動に移すことにした。居間を出て廊下を勝手に歩いて行くと、おろおろと後からついてきた絹代は、

「こちらです」と奥の方へ皆川を案内した。

高城の部屋は南向きの八畳ほどの日当たりの良い洋室で、デスクにウォーターベッド、パソコンが置いてあった。ファクシミリはなかった。

皆川はパソコンのそばに寄って、その機種を内ポケットから出した手帳に書き留めた。

15

「それで、話というのはなんですかね」

彼は言った。ギシリと革のきしむ音。ソファに座ったようだ。

小雪はドアに耳をあてじっと息をころしていた。

「夕方から用があるからね、そうのんびりもしてられないんだ」

「三十分もあれば話はすむわよ。コーヒーでもどう？」

典子の声。怖じけづいたところは微塵も感じられない。むしろ恐喝のまね事を楽しんでいるような口調だ。

「なかなか良い別荘だね。ここに、きみ独り？」

彼はさりげなく典子が独りかどうか探りを入れてきた。

「当たり前じゃない。こっちだって後ろめたいことをするわけだから、人がいたらまずいわよ。でもだからって、甘く見ないでよ。うちから猟銃持ってきてるんだから。つまらないこと考えると、頭のひとつくらい吹っ飛ぶわよ」

典子の声が遠のいた。リビングに接続しているキッチンにたったらしい。

「猟銃とは物騒だな。平和的にいきましょうや」

せせら笑うような男の声。小雪の知っている彼の声とは別人のようだった。これがこの男の本性かもしれない。小雪はそう思うと、ぞっとした。

「それでいくら出せるの？」

典子が言った。

「いくら？」

彼の声が小ばかにしたように聞き返す。

「決まってるでしょ。取引の額よ。殺人となると百万やそこらの端金じゃすまないわよ。しかも、あなたはイタイケナ少女たちをもう五人も殺しているのだものね、つかまれば死刑は間違いないわ。それを黙っててやるっていうんだから、いくら出しても高すぎるってことはないいんじゃない」

「言葉は正しく使ってくれよ。イタイケナという言葉は、汚れを知らない無垢《むく》な幼児に使うんだよ。あの子たちを形容するには不適当だ」

「とりあえず一億でどう？」

「一億？」

彼の声が一オクターブ高くなった。

「そんな金、どこにあるっていうんだ？　一介の貧乏教師にさ」

「今住んでいる家は土地付きの持家でしょ。売ればいいじゃないの。一億くらいすぐに捻り出せるわ」

「簡単にいってくれるね。しかし驚いたな。きみという人はもっと世間知らずのお嬢さんかと思っていたよ。まさか、そんなヤクザまがいの口をきけるとはねえ。人は見掛けによらないものだ」

「笑わせないでよ。そのセリフはそっくりそちらにお返しするわ。虫も殺さない顔をして、フェミニストが聞いて呆れるわ」

「金の話をする前に、きみのいう証拠とやらがはたして一億も出す価値があるかどうか、まず知りたいもんだね」

「いいわ。あたしが知ったことを全部話してあげる。耳の穴よくかっぽじって聞くのよ、松木さん」

VII

一人が燻製のにしんにのまれて

1

「まずこれだけは先に聞いておきたいんだけれど、この一連の連続殺人は、けっしてあなたがやりたくてやったんじゃないってこと。あなたなりにやむにやまれぬ理由で次々と殺人を犯すはめになってしまったってこと。これが真相だったんでしょう、松木さん？」

典子は言った。

松木憲一郎は黙っている。

「黙っているのは、イエスの意味と取らせてもらうわ。発端はあの七夕祭の西田エリカの毒死事件だった。誰かが西田が飲むはずだったウイスキーボトルの紅茶の中に青酸カリを入れた。西田は芝居の最中にそれを飲み込んで本当に死んでしまった。でも、犯人の動機や、西田を殺したいほど憎んでいた人物は警察でもつきとめることができなかった。それは当たり前だわ。西田エリカのような生徒を殺したいほど憎んでいた人物なんてどこにもいなかったからよ。西田は明るくて性格の良い子で、誰からも愛されていた。そんな西田をいったい誰が殺したのか。

あたしも江島小雪からあることを聞かされるまでは、あの毒死事件の真相がつかめなかった」

自分の名前が出たので、小雪の心臓はドキンとひとつ打った。

「江島は警察には言わなかったけれど、あの日、あなたの講演の最中に、講堂を抜け出して、部室へ行ってたのよ。午後の芝居のことが気になって、もう一度台本をさらうために。江島が外から入れるガラス戸から入ろうとしたとき、部室のドアが閉まるのを見た。今まで誰か部屋にいたのね。中に入ってみると、冷蔵庫の扉が閉まっていないのに気が付いた。そのあとすぐに、松木晴美が廊下側のドアから入ってきた。ということは、江島には見ることができなかったその人物の顔を松木晴美は見たはずだった。

江島は不思議がっていたわ。西田の事件が起きたあと、部室に出入りした人物のことが問題になっても、晴美が廊下で擦れ違ったはずのその人物のことを言い出さないことを。その人物が犯人である可能性があったにもかかわらずによ。

なぜ、晴美は何も言わなかったのか。あの日、誰それが部室から出てくるのを見たとなぜ言わなかったのか。ひとつ考えられるのは、晴美はその人物をかばおうとした──」

「まさか、それが私だなんていうんじゃないだろうね。その頃、私は講堂で講演中だったんだ。それこそ、何百人という目にさらされて」

松木がようやく口を開いた。

「むろん、あなたじゃない。紅茶に青酸カリをいれたのはあなたじゃないわ」

典子はそっけなく言った。

「晴美は父親であるあなたをかばうために黙っていたわけではない。では、なぜ黙っていたのか」

「後でその人物をゆするつもりだったのかね。きみのように」

松木の嘲《あざけ》るような声。

「いいえ。それも違う。残る答えはひとつ。晴美は廊下で誰とも会いはしなかったということ。彼女が部室へいこうと東の廊下を歩いているとき、部室からは誰も出てこなかった。だから、晴美は何も言わなかった。そう考えれば、つじつまがあうわ。でも、とすると、江島が見たのは何だったのか。ドアが閉まるように見えたのは錯覚だったのか。いいえ、そうじゃない。江島がドアが閉まるのを見たというのも事実だった。江島はドアが閉まるのを確かに見て、晴美は誰も見ていない。これはどういうこと？　導き出される結論は、ひとつしかないわ。ドアを閉めて出ていったのは、松木晴美だったということ。晴美はいったん部室を出て、なんらかの理由で戻ってきたのよ。何か忘れ物をしたか、あるいは、あの冷蔵庫の扉がちゃんと閉まっていなかったのに気がついたかでね。そうしたら、外から入ってきた江島が部室にいた。そこで、さも今来たばかりのように江島には思わせた。つまり、江島が来る前に部室にいたのは松木晴美だった。冷蔵庫を開けて、紅茶に青酸カリをしこんだのは晴美だった。そう考えられるんじゃない？」

沈黙。

「では、なぜ晴美は、親友の西田を毒殺しようとしたのか」

「それは違う」

松木が典子の言葉を遮るように鋭く言った。

「晴美は西田エリカを殺そうとしたわけじゃなかった。ただ――」

「語るに落ちたね、松木さん。やっぱり、毒を入れたのは晴美だったのね」

「晴美は、晴美は悪戯のつもりだったんだ」

松木の声から先ほどまでのあざ笑うような調子が消えた。

「悪戯？　紅茶の中に致死量の青酸カリを入れるのが悪戯だといえるの？」

「晴美は西田はあれを飲まないだろうと思って入れたんだ。晴美の狙いは、西田を毒殺することではなくて、あの芝居をめちゃくちゃにすることにあったんだ。西田が紅茶に異常を感じて飲むのをためらうか、飲んでも吐き捨ててしまえば、芝居はしょっぱなから台なしになる。それを狙っていたんだ」

「なぜよ？　なぜ芝居をめちゃくちゃにしたかったのよ？」

「きみだよ、原因は。向坂君。晴美はきみに大恥をかかせるためにあんなことをしたのだ。きみが演劇部の顧問になったときからずっと反感をもっていたそうだ。いわゆる虫がすかないというやつだろう。あの事件は、もとはといえば、西田を殺すためじゃない。きみを困らせるために仕組んだことだったんだ。開校百年記念の七夕祭で、芝居が始まった途端にめちゃくちゃになれば、きみが大恥をかくだろうと思ってしたことだった。まさか、西田が毒入りの紅茶を本当に飲み込んでしまうとは、晴美も予想していなかった」

「でも、あたしを困らせるのが狙いなら、なぜ青酸カリなんか使ったの？　あんな危険なものを」

「最初は塩かトウガラシでも入れるつもりだったらしい。しかし、西田は責任感の強いまじめな性格だ。それは晴美もよく知っていた。塩やトウガラシくらいでは我慢して飲んでしまうかもしれないと思ったそうだ。それで、たまたま、つきあっていた佐久間宏が高校のときまで昆虫採集に凝っていて、虫を殺すのに使っていた青酸カリが佐久間の自宅にまだ残っていることを妹のみさから聞いた晴美は、それを使おうと思い付いた。青酸カリなら、異臭もあるし、西田も身の危険を感じて飲まないに違いない。そう考えたんだ。それでみさを使って、家から青酸カリを盗み出させた」

「それじゃ、佐久間みさも共犯だったのね」

「共犯というより、晴美に威されていたんだ。佐久間みさは、高一のときに、大学生とつきあっていて妊娠したことがあった。親に隠れてこっそり中絶したが、晴美はそのことを知っていた。それをネタにみさを威していたんだ」

「晴美が飲んだ睡眠薬も、みさが？」

「そうだ。母親のやっている薬局から盗ませたものだ。晴美は私の留守に、みさと二人で、アルコールに睡眠薬を混ぜて飲むなどという危険な遊びを前からしていたらしい」

「それじゃ、晴美は自殺？」

「いや、そうじゃない。遺書はなかったから、自殺とは思えない。あの夜、晴美は私に何もかも打ち明けてくれた。私が風呂に入っている間に、家を出て、近くの公衆電話からみさの所に電話をかけて、自分たちのしたことを誰にも漏らさないと約束させた。ところが、家へ戻ってくると、そのみさから電話がかかってきた。隠し通す自信がないと泣き言を言われたらしい。

そこへ私が風呂からあがってきた。晴美は慌てて電話を切り、いったんは自分の部屋に閉じこもったものの、佐久間みさがそのうち全部しゃべってしまうかもしれないと思うと急に不安になった。どうしていいのかわからなくなった。それで、リビングにいた私にすべて告白しに下に降りてきた。ショックだった。まさか自分の娘がそんなことをするとは夢にも思わなかったからだ。

しかし、私はとりあえず、泣きじゃくっている晴美の気を鎮めさせるために少しブランデーを飲ませた。なにもかも話してひとしきり泣いてしまうと、晴美はようやく落ち着いたように見えた。今度こそ本当に寝るといって二階にあがっていった。

私はリビングで長い間どうするべきか考えた。最初は晴美を自首させようとも思った。しかし、そんなことをしたら、晴美の将来はどうなる。殺意はなかったわけだし、未成年だから法的には軽い処罰ですんだとしても、社会的には葬られたも同然になる。晴美だけじゃない。私だって同様だ。青少年の犯罪心理などを訳知り顔で解説していた評論家の娘が親友に毒を飲ませて死なせてしまった。こんなことが知れたら、マスコミがどんなに面白おかしく騒ぎたてるか目に見えるような気がした。テレビで名前と顔が売れるようになっていた私には、娘のしたことを知られるのは耐えられなかった。とても真相をさらけ出す勇気などなかった。すべてが明るみにでれば、私はおしまいだ。マスコミ界どころか、大学にだっていられなくなる。だめだ。やはり晴美を自首させるわけにはいかない。晴美のしたことは隠し通すしかないと思った。

そう考え、そのことを晴美に伝えるために、二階の娘の部屋へ行った。もう午前三時に近くなっていたが、ドアの隙間から明かりが漏れている。まだ起きているのかと思ってノックをしたが返事がない。嫌な予感がして、入ってみると、ベッドの中で晴美が冷たくなっていた。テーブルには空になった睡眠薬のびんがあった。遺書はなかったから自殺とは思えない。おそらく眠ろうとして、以前佐久間みさから盗ませた睡眠薬を多めに飲んだのだろう。あれは事故だったんだ。

私は娘の遺体を前に茫然とした。もし、まだ晴美の体が暖かかったら、かすかでも息があったら、迷わず医者でも警察でも呼んだだろう。しかし、晴美はもう冷たくなっていた。息もしていなかった。手の施《ほどこ》しようがなかったんだ。それでも、私は警察に電話しようと下に降りた。でも、電話に手をかけながら、どうしても一一〇番することができなかった。警察が来れば、当然、娘が死んだ理由を調べられる。昼間の西田エリカの毒死事件と関係していることは誰の目にも明らかだ。

そのとき、私の中で悪魔がささやいた。魔がさしたとしか思えない。晴美は睡眠薬を飲み過ぎて死んだ。これは全くの偶然だったが、晴美がやるはずだったロジャース夫人の殺され方と奇しくも同じだった。あの芝居の粗筋を高城という教師から聞いていた私はすぐにそのことを思い出した。もしあの芝居のことを知らなかったら、あんな恐ろしい思い付きは頭をよぎることさえなかっただろう」

「でもあなたは思い付いてしまったのよ。晴美の死を他殺のように見せ掛けたら、真相を隠せるのではないかとね」

典子の声が冷やかに響いた。

「それで、あなたは晴美の遺体と自転車を車に積み、近くの公園に運んだ。晴美の死を他殺に見せ掛けるためには、自宅のベッドで遺体を発見させるわけにはいかなかった。そう考えたのね。そして、晴美の遺体を公園のベンチに座らせ、さもそこで睡眠薬を飲んで自殺したかのように見せた。でも、それは逆に他殺であることを警察に強調するためだった。とても実の父親がしたとは思えない行為だわ。

警察はあなたの思惑通り、西田の事件と関連させて、これを連続殺人だと思いこんでしまった。いもしない幻の犯人が生まれてしまったのよ。でも、小さな嘘をひとつつくと、その嘘を本当らしく見せ掛けるためにどんどん大きな嘘をつかなければならないように、あなたは、自分が作り出した幻の犯人の役を自ら演じなければならなくなった。西田の事件の真相を知っているのは、あとは佐久間みさだけ。次は佐久間みさだった。彼女の口を封じる必要があったのね。それで、あの日、彼女を呼び出したの？」

「違う。こちらから呼んだわけじゃない。向こうから勝手に訪ねてきたんだ。日曜だったから、家政婦は休みを取っていて家には私が独りだった。みさは最初はきみの所に行って、どうしたらいいのか相談するつもりだったらしい。だが、きみは留守だった。だから、私の所に来ることを思いついたんだ。彼女は混乱していた。西田の事件は晴美の仕業なのに、その晴美が殺されたらしいと聞いて、何が何だかわからなくなっていた。むろん真相には気が付いていないようだったが、私は彼女をこのままにしておくのは、危険だと思った。訊くと、うちの者には、きみのところに行くと言って出てきたと言った。チャンスだと思った。私は咄嗟にリビングにあった花瓶で帰ろうとした彼女の頭を殴りつけた——」

「左手でね」

典子は言った。

「松木さん、あなたが本当は左利きで、子供のころに矯正されたってこと、あなたが書いた本で知ったのよ。あなたはヤングミセス向きに書いた子育てのノウハウ物の本に、ちゃんと自分で書いているわ。子供のころ、みっともないからといって、左利きを無理やり右利きに矯正するのは考えものだ。それは子供の心を傷付け、ときには、そのストレスが子供に様々な精神的な後遺症を残すことがある。自分の体験で言えば、私も左利きだったのを、子供のころに厳格な母に直されたせいで、そのときのストレスが原因で、叱りに悩まされるようになったってね。ふだんは右を使っていても、反射的に何かをするときには、咄嗟に左手が動いてしまうのね。

そして、あなたは佐久間みさの遺体を翌日の夜、車でみさの自宅近くの雑木林に運んだ。危険を承知でこんなことをしたのは、晴美を殺した犯人の手口と同じように思わせるため。そうだったんでしょう？　こうして幻にすぎなかった犯人は実体を持ってしまったのよ。あとはもう坂道を転げ落ちるようなものだった。殺人は癖になるというけど、これは本当なのかもしれないわね。佐久間みさのときまでは、あなたにはまだ理性があった。でも、川合利恵を次の犠牲者にしようと考えるようになったときには、もうあなたは変わってしまっていたんじゃない。クリスティの芝居に見立てて少女たちを殺すのが面白くなりはじめていたのよ。誰もあなたが犯人だとは夢にも思わない。だって、あなたは二番目の犠牲者である松木晴美の実の父親なんだものね。いわば、あなたは被害者の側にいる人間だったのよ。しかも、学校関係者が犯人だと思わせるために、大胆にも川合のときは天川学園を殺人の舞台に選んだとはね。あなたの姿を学園の人たちに全く見られなかったのは、奇跡というものだわ。

どう？　今までの話で、どこか間違っているところがある？」

典子は勝ち誇ったように言った。

「いや、すべてきみの言う通りだ」

松木はやけにアッサリと認めた。

ドアに耳を押し付けていた小雪は、何か嫌な胸騒ぎがした。松木はあまりにもアッサリとしすぎている。それに、松木の声には、あの最初のころの、どこか相手を小ばかにしたような調子が戻っていた。

まさか？

「いやにアッサリ認めるのね」

典子もやや疑わしそうな口調で言った。

「仕方がないさ。その通りなんだから」

松木は含み笑いを漏らした。

笑っている。

どういうつもりなんだろう。ここまで知られて笑っているのだ。

「何がおかしいのよ。笑ってる場合じゃないでしょう」

典子がいらだったように声を高くした。

「さあ、これでこちらの手のうちは見せたわ。そろそろ商談にはいりましょうか」

「商談ねえ」

「どうなの。一億。出す価値があるでしょう？」

「きみは何か勘違いしているようだな。たしかに事実は認めたが、ただそれだけだ。きみの推理を裏付けるような証拠があるのか。西田エリカを殺したのが晴美で、その晴美は事故死、あとの殺人はすべて私のしたことだという証拠があるのかね。あるなら、それを出して貰おうか。一億の価値があるとしたら、その証拠の方だ。まあ、そんな証拠があったら、とっくに警察が私に目をつけていると思うがね」

「証拠はこれよ」

小雪には見えないが、おそらく、典子は今までの会話を録音した小型テープレコーダーを出して見せたのだろう。

「そ、それは――」

松木の声がうろたえたように響く。

「今までの会話、バッチリ録音させてもらったわ。あなたをここに呼び出したのは、証拠を見せるためじゃなくて、証拠を作るためだったの」

「し、しかし、そんなものを警察に持っていったら、きみだってただじゃすまないぞ。その中にはきみが恐喝していることも入っている」

「あら。あたしが本気で恐喝なんてすると思ってたの。冗談じゃない。そんな馬鹿なことするもんですか。あなたの口から本当のことを聞き出すためのお芝居だったってわけ。これは警察に渡すことにするわ」

「そんなこと、誰が信じる。ここには二人きりだ。つまらないことはするな。わかった。金で片をつけよう。一億というのはふっかけすぎだ。一千万ならすぐになんとかなる。だから、それを渡すんだ――」

「そばに寄らないで。これ以上、あたしのそばに寄ったら、さっき言ったこと実行するよ。もう忘れたの。あたしがここに猟銃を持ってきたって言ったこと」

「猟銃？　そんなもの、どこにあるんだ」

松木の声に何か凶暴なものが走った。ガタガタという音。椅子が倒れるような音。

二人が組み合うような気配。

小雪の心臓は口から飛び出しそうなほど大きく打っていた。汗ばんだ手に猟銃を握り締める。優秀な猟犬のように、典子の合図を待った。

「何するのよ。離してっ」

「おまえも殺してやる」

「やめて。小雪さんっ」

典子がついに悲鳴をあげた。

小雪はドアを開け、猟銃を構えた。

「動かないで」

典子の首に両手を回していた松木が、一瞬あっけに取られたような表情で小雪を見た。

「一歩でも動いたら本当に引金ひきますよ」

小雪は引金に指をかけたまま、松木の胸に銃口をむけた。

「き、きみはいつから――」

「こういうことよ、松木さん。こんな危険なことをするのに、あたしが独りで来ると思う？　小雪さんにはさっきからそこで隠れてもらってたのよ。ちゃんと生き証人もいるってわけ。もうあきらめなさい。女や子供が相手だと思ってなめないでよ。もしここでこの子が引金をひいたって、正当防衛が成り立つにきまってるんだから。ちょっとでも動いたら、この子は本当に引金をひくわよ」

典子はそう言いながら、松木に絞められそうになった首を撫でた。

松木の顔にやられたという表情が浮かび、がっくりと肩を落とすと、そばの椅子に疲れたように腰をおろした。

典子は小雪のそばに来ると、「貸して」といって、猟銃を奪いとった。小雪は猟銃を手放してほっとした気分になった。典子は、猟銃を構えて、銃口を椅子に座りこんだ松木の頭に向けた。

「たいしたもんだよ」

松木憲一郎はふてぶてしい笑みを口元に浮かべた。

「あんたもあんたの教え子も」

「先生、これからどうしますか」

小雪は典子にたずねた。

「まずこの男の両手を縛っておきましょう。すきを見て何をするかわかったもんじゃないわ。それから警察に電話するのよ。あたしのボストンの中にロープが入ってるからそれを持ってきて」

典子は松木の顔から目を離さずに言った。

小雪は床に置かれていたボストンバッグのチャックをはずすと、中を探った。白いロープが巻かれて入っていた。

「これですか」

「そう。さあ、手を後ろに回して」

典子は言った。

松木は何もしなかった。相変わらずふてぶてしい笑みを浮かべたまま、椅子に座っている。妙にリラックスしているように見えた。

小雪はロープを手にしたまま立ち尽くしていた。

「聞こえないの。両手を後ろに回せと言ってるのよ」

典子はもう一度言った。

松木は笑い出した。最初は含み笑いのような感じだったが、こらえきれないという風に、だんだん笑い声が露骨になっていった。

小雪は、ロープを手にして、松木のそんな異様な高笑いを見ながら、気でも狂ったのかとぞっとした。

「面白い茶番だ。実に面白い」

のけぞって笑いながら、松木はそんなことを言っている。

「もう一度だけ言うわ。二度と言わないわよ。後ろに両手を回しなさい」

典子が氷のような声で命令した。

松木は笑い続けている。

「あ、な、た、に、言、っ、て、る、の、よ。小、雪、さ、ん」

典子はそう言いながら、松木に向けていた銃口をゆっくりと動かして、小雪の胸に向けた。

2

何がなんだかわからなかった。

小雪は悪い夢でも見ているような気がした。

典子はガラス玉のような冷たい目をして銃口を向けている。松木にではない。自分にだ。

これが悪夢でないならば、一体なんなんだろう。

「やれやれ。これで茶番も終わりだな」

松木憲一郎は椅子から立ち上がると、ボンヤリと立ち尽くしている小雪の手からロープを奪い取った。

「どういうことなんですか」

後ろ手に縛られながら、小雪は絶望的なまなざしで、ついさっきまで相棒だと信じきっていた女を見た。

「こういうことなのよ」

典子は銃を向けたまま、薄く笑った。

「あなたも不運だったね。あたし、あなたのこと好きだったのよ。妹みたいに思ってた。だから、あなたが真相に気付きさえしなければ、こんなことする気なかったのに。あなた、少し利口すぎたわ」

「先生は――」

と言いかけて、小雪は言うべき言葉を失った。

「驚いているようね。なぜあたしがこんなことをするのか。なぜ松木にではなくて、あなたに銃を向けているのか。別に頭がおかしくなったわけじゃないんだよ。そのことをこれから話してあげる」

典子は子守歌でも歌うような優しい声で言った。

「まあ、そこにお座りなさい」

松木に肩を押されて、小雪は後ろ手に縛られたまま、そばの椅子に座らされた。

ギシリと革の椅子が軋《きし》む。

「あたしのお腹の中には今子供がいるの。まだちっちゃな胎児だけどね。その子の父親がこの男ってわけ。こう言えば、利口なあなたのことだから、すべてわかったでしょう？」

小雪は唇をかみしめた。

そういうことだったのか。

思えば、A大出身の典子が、そこの助教授をしていた松木と深い関係になっていたとしても、少しも不思議はなかった。

「ねえ小雪さん。あなたも電話で言ってたでしょう。佐久間みさの事件までは、推理の筋道がつくけれど、四人めの川合利恵の事件だけは、松木の犯行とは思えないって。もし、松木が犯人だとしたら、自分の顔を見られる恐れのある学校の中なんかを殺人の現場に選ぶだろうかって。試験休みとは言っても、百人近い教職員がいたのだし、彼の顔は知られてるから、誰かに見られたら、それがそのまま命取りになるってこと、松木が考えないはずはない。

それに、本館の東棟の端の部屋が演劇部の部室だということや、あそこに手斧があるということや、川合利恵のプライベートなファックス番号をどうやって松木が知ることができたのか。まあ、それは娘の晴美から聞いたことがあると考えても、やっぱり、あの事件は松木が犯人と考えるには大胆すぎるって。だから、あの事件だけは犯人が違うんじゃないかって。そう言ってたね、小雪さん。図星なんだよ。その通り、川合利恵を殺したのは松木じゃない」

「まさか、先生が――？」

小雪は頭の血が足元に向かって落ちていくような思いがした。向坂典子が土壇場で松木をかばおうとしているのは、松木が彼女の恋人で、腹の子の父親だからだと思っていた。

しかし、それだけではなかった。向坂の手も血で汚れていたのだ。

「七月十四日のことおぼえている? 佐久間みさの遺体が発見された日よ。刑事が学校へやってきて、みさの後頭部の傷から、犯人は左利きかもしれないと言ったとき、あたしははっとした。一瞬、松木の顔が頭をよぎったからよ。松木が本当は左利きだということを前から知っていたから。でもまさかと思った。左利きなんて他にもいる。なによりも松木の娘も被害者の一人だ。彼が犯人だなんてありえないって。そう思って打ち消したけれど、なんとなく引っ掛かるものがあって、気にしていたところへ、今度はあなたからの呼び出しがあった。

あなたは部室で話してくれたね。七夕祭の日の松木晴美の奇妙な行動のことを。あのとき、はじめて、あたしは事件の真相がそれまで考えていたのとは全く違うんじゃないかという気がしてきた。同一犯の仕業ではないのかもしれない。もしかしたら、西田を毒殺したのは晴美で、その晴美を松木がって考えたのよ。その疑惑に追い討ちをかけたのが、数学の高城康之だった。あの日、彼はあたしをマンションまで送ってくれて、得々と自分の推理を話していった。彼は、『なぜ犯人は、晴美やみさの遺体をわざわざ自宅近くまで運んだのか』という謎にこだわっているように見えたわ。そのとき、あたしはひらめいたの。犯人は被害者の自宅近くまで遺体を運んだのではなくて、自宅から遺体を運び出したんじゃないかって。つまり、松木の犯行ではないかって。そう考えつくと、いても立ってもいられなくなって、その夜遅く、松木の家を訪ねたわ。問いただすと、松木は何もかも話してくれた。晴美のしたことや、それを隠そうとして彼のしたこと。しかも、警察をうまく欺《あざむ》いたつもりだったが、ただ一人だけ、彼に疑いの目を向けているらしい刑事がいて――ほら、あの皆川とかいう中年男よ――周辺を嗅ぎ回っているらしいこと。

　彼はとても弱気になっていた。このままだと自首か自殺でもしかねないとあたしは思ったわ。でもそんなことをされるとあたしが困るのよ。だって、あたしは彼と結婚する気でいたんだから。しかも、体の変調に気付いた頃でもあった。妊娠してるんじゃないかって。子供の父親を犯罪者にするわけにはいかない。だから、もうあとには引けなかった。

　それに、この事件の元にもなった晴美の行為は、もとはと言えば、あたしが原因だったのよ。晴美は漠然とあたしを嫌っていたんじゃなくて、父親との関係に薄々感づいて、あんなに反抗的だったんだね。

だから、あたしたちは手を組むことにした。二人の幸せのために。二人の未来のために。警察というか、あの皆川という刑事の目をそらすには、次の殺人を起こして、松木には完全なアリバイがあるようにすればいい。そうすれば、あの刑事も松木を容疑者のリストからはずすに違いない。そう思ったわ。だから、わざわざ学校を舞台に選んで、川合利恵をファックスを使って呼び出したのよ。

そして、これまでの一連の事件が同一犯の仕業であることを示すために、被害者の家に、犯人からと思わせる手紙を出したわ。もちろん、松木自身の家にもね。

本当はここでもうやめるつもりだった。でも、あたしはあなたの存在が不安になってきた。だって、あなたはまだ気が付いていなかったけれど、あなたが七夕祭のときに、部室で晴美と会ったということは、とても重要なことだったから。あなたはなぜかそのことを警察にも話さなかったらしいから、それを知っているのは、あたしたちだけ。もし、あなたがあのことを警察に話したらと思うと、不安になってきた。でも、あたしはあなたが可愛かったから、傷付けたくはなかった。

そのとき、一人の馬鹿な男があたしにつきまといはじめていたのよ。高城よ。あいつはあたしに気があるらしくて、事件のことをだしにしては何かと近寄ってきたわ。ふと思ったのよ。この男を犯人にしたてられないかって。高城なら生徒からは嫌われているし、教師の間でも、変わり者というイメージが強いし、いい年をして母親と二人暮らしで、マザコンだとかホモだとかロリコンだとか、ろくでもない噂ばかりたてられている。そんな噂は刑事の耳にだって入ってるかもしれない。女子高校生殺しの異常性格者に祭りあげるには最適の人物じゃないかって気がしたの。しかも彼は車を持っている。あいつに罪を着せることができたら、あたしも松木も救われる。

そのためにはもう一度だけ殺人を犯す必要があったのよ。犠牲者を出して、その犯行現場に犯人の遺留品を残しておく。そうすれば、必然的に、警察はその遺留品から犯人をつきとめるはず。それが高城康之だというわけ。

七月二十一日、浅岡の事件が起こる前の日に、具合が悪くて学校を休んでいたあたしの所に高城は果物かごをさげてノコノコやってきたわ。高城はずうずうしく上がりこんで、また自分の推理を話しはじめた。煙草をすいながらね。その推理というのが、もし犯人が次の生徒を狙うとしたら、今までの手口の裏をかいて、被害者を外に呼び出すのではなく、被害者の家を犯行現場に選ぶのではないかと言ったわ。浅岡和子をどうやっておびき出そうかと考えていたあたしには、これはまさにアドバイスみたいに聞こえたわ。そうだ。こっちから訪ねていけばいいんだって。あのやり口は高城が教えてくれたのよ。それとは知らずにね。しかも、幸か不幸か、浅岡の家は両親がレストランをやっていて、夜は遅くならないと帰らない。弟も塾に通っている。浅岡が独りでいる時間を狙えば、犯行はさほど困難とは思えなかった」

「浅岡和子も先生が？」

小雪はゴクンと唾を飲み込んでから、ようやく掠《かす》れた声でたずねた。

「あれはあたしじゃない。松木のしたこと。高城を犯人にしたてるためには、万が一、近所の人に姿を見られてもいいように、男である方がよかったからね。松木と高城は背恰好はそんなに違わないし。それに、川合利恵の事件のせいで、犯人は学校関係者と思われていたから、いくら顧問でも、あたしが行っては怪しまれるかもしれないと思ったわけ。その点、松木なら容疑者の圏外にいるし、晴美のことで聞きたいことがあると言えば、和子はたいして疑いもせずに中に入れると思った。まったくその通りだったけどね。一方、あたしの方は学校で高城に、夜、八時に一緒に外で食事をしようと誘っておいた。馬鹿な男。自分が罠にはめられるとも知らずに嬉しそうな顔をして二つ返事だった。

もちろん、なんでこんなことをしたかわかるでしょう？　犯行当時に高城のアリバイをなくすためよ。あたしは和子の家になるべく近い、大きめの喫茶店を選んで、そこを待ち合わせ場所にしたわ。そして、少し遅れるかもしれないけど、必ず待っててと言っておいた。こうしておけば、高城はいつまでもあたしが来るのをボケーと待っている。大きな喫茶店だから、あとでアリバイを証明してもらおうと思っても、誰もあんな男を覚えちゃいないわ。

一方、前の日に高城が訪ねてきたときに、あたしの部屋に残していった煙草の吸い殻をあたしは松木に渡しておいた。彼は浅岡和子を殺したあとで、そのラークの吸い殻を浅岡の家に残してきた――」

「おい、もういいかげんにしろよ。何もそんなに洗いざらい、この子に話すことはないだろう」

典子が銃を構えたまま話している間、窓辺によって、背中を向けて外を見ていた松木憲一郎が痺れを切らしたように振り返った。

「いいじゃない。どうせ、全部知られたところで、この子は誰にも話せないんだから」

典子はほほえみながら言った。

「そういうわけでね、こんなこと気が進まないんだけど。ごめんね。あなたも殺さなければならないの。でも、あなただって悪いのよ。あんな電話をかけてくるから。もし何も気が付かなければ、一連の事件は高城康之の犯行ということになって、あの男が逮捕されれば、すべてが終わるはずだったのよ。あなたは無事で、あたしたちは結婚して新しい家庭を作る。それなのに、あなたは気付いてしまった。真相のいったんをね。だから、こうせざるを得なくなってしまったの」

典子は哀れむように小雪の顔を見た。

昨日、小雪が電話をかけたとき、典子は、「少し考えさせてくれ」と言ったのは、松木と相談する時間をかせごうとしたのだということに、小雪はようやく気が付いた。

「恨むなら自分の利口さを恨んでね。もっとも、もっと利口だったら、あたしが共犯だったことにも気付いたでしょうけどね。もう少し利口か、もう少し馬鹿だったらよかったのに。そうしたら、あなたもしあわせになれたのに」

「さあ、もういいだろう。そのくらいで。例の小道具は持ってきたのか」

松木は窓辺を離れると、典子のボストンバッグを探った。そして、中から赤いケープと灰色のかつらを取り出した。ウォーグレイヴ判事の衣装だった。芝居の中では、ウォーグレイヴはこの衣装を身に付けて射殺されることになっている。

今二人はその通りにやる気らしい。

「あたしをここで殺しても、すぐに先生の仕業だとわかりますよ」

小雪は精いっぱい声を振り絞った。

「あらどうして？」

典子は無邪気な顔をした。

「ここは先生の別荘じゃありませんか。こんなところであたしの死体が発見されたら、まず先生が疑われますよ。それに、あたし、向坂先生と一緒に先生の別荘へ行くって、祖父母に行って出てきましたから」

「なんだそんなこと。それならちゃんと考えてあるよ。これからの筋書を話すとね、こういうことなの。あたしはこれから少し行ったところにあるスーパーに買い物に出掛けるつもり。その間に松木があなたを射殺する。あたしはスーパーの人の記憶に残るようにしておく。アリバイを作るってわけ。スーパーのレシートも使えるね。あれは買い物をした日時が記録されているから。

そして、買い物から帰ってきたあたしは、あなたの死体を発見する。赤いケープを着て灰色のかつらを被って射殺されているあなたの死体をね。警察がきたら、きっと、あの連続犯人がここにあたしたちがいることを探りあて、あたしが留守の間に、あなたを襲ったのだと話すつもりよ。猟銃は護身用に持ってきたのに、まさかそれが凶器に使われるなんてって泣きわめきながらね。どう？　これなら警察も疑わないんじゃない？

それに、もうひとつ、いいこと教えてあげる」

典子は唇をゆがめて、ふふと笑った。

「犯人もちゃんと用意してあるのよ」

3

その頃、高城康之の車は中央自動車道を河口湖方面に走っていた。

向坂典子もむちゃなことを考えたものだ。高城は車に付いたデジタル時計をちらと見遣りながら思った。

昨夜、午前三時すぎに向坂典子から自宅に電話がかかってきたときは驚いた。あんな時間に電話がかかってきたことだけでも驚いたのに、彼女が話したことというのは、その驚きをさらに上回っていた。

連続殺人の犯人がわかった。でも、犯人が彼だという証拠がない。それで河口湖の彼女の別荘に呼び出して、その男を恐喝する真似をする。そのときの会話をテープにとるつもりだ。でも、独りでは怖いので、高城先生に来て欲しい。

彼女は声を潜めた早口でそれだけ言った。

それは危険だ、やめた方がいい。高城は即座にそう言ったが、典子は大丈夫、これしか方法がないの、と答えた。そして、別荘の住所と、その男と会う時間を言い、警察に知らせてはだめよ。警察が下手に動いたら犯人に感づかれてしまう。知らせるのは証拠のテープを取ってからよ。

それだけ言って電話は一方的に切れた。

切れてしまってから、高城は典子から犯人の名前を聞くのを忘れたことに気が付いて、典子のマンションに折り返し電話をかけようとしたが、そのとき、電話のベルで目をさました母が起き出してきてしまった。

高城は迷った。典子のしようとしていることは危険すぎる。すぐに警察に知らせようかとも思ったが、典子の言うこともっともなような気がした。今度の事件では、警察は全くあてにならない。もうすでに四人、いや、昨夜の浅岡和子の件も含めると、五人もの犠牲者を出してしまっている。それなのにまだ犯人の目星すらついていないようだ。完全に犯人にしてやられているといった感がある。ここは、典子の言うように、少々荒療治に出る必要があるのかもしれない。

結局、考えた末に、典子の計画に乗ることにした。

江島小雪を次の犠牲者にしてはならない。あの子の命だけはどんなことをしても護《まも》らなければならない。

高城はそう決心していた。

しかし、車を走らせながら、高城は、向坂典子という女に対して、ある漠然とした疑惑を感じはじめている自分にとまどっていた。

昨日にしても、典子は自分の方から誘ったくせに、約束の喫茶店に一時間待っても現れなかった。喫茶店から彼女のマンションに電話をかけると、急の用ができて行けなくなってしまったと申し訳なさそうに詫びたが、今朝、浅岡和子の事件をテレビのニュースで見て、浅岡の殺された時間帯が、ちょうど、高城が喫茶店で典子を待っていた頃に一致するのを知ってぎょっとした。

あれは偶然だったのだろうか。

しかしまさか、あの向坂典子が。

そんなわけがない。

恐ろしい疑惑を振り払うように、高城は強くかぶりを振った。

4

「高城先生が？」

小雪は思わず言った。

「そう。もうすぐここに高城が来ることになっているのよ。今頃、中央自動車道あたりを走ってる頃じゃないかな。まさか自分が犯人にされるとも知らずにね。あたしはこれから買い物に出掛ける。松木はあなたを射殺する。松木がここを出たあとで、運悪く高城が到着する。そういう筋書ってわけ。たとえ高城があなたの死体に驚いて逃げても、ここへ来たことは、あとで警察が調べればわかるはず。高速の料金所でも顔を見られてるはずだしね。浅岡和子の自宅から発見された煙草の吸い殻が、彼のものだとわかるのは時間の問題だろうし、あなたを殺した犯人はあの男ということになるのよ」

「さあ、もうおしゃべりはそのくらいでいいだろう。のんびりしてると、その高城が来てしまうぞ」

松木憲一郎はうんざりしたように言い、赤いケープを後ろ手に縛った小雪の身体にかぶせ、頭に灰色のかつらを載せた。

「よく似あうよ」

そう言って笑うと、典子から猟銃を受け取った。

「悲鳴をあげても無駄よ。この辺りの別荘は八月にならないと人が来ないんだから。頭が吹っ飛ぶほどわめいても誰にも聞こえやしないからね。それじゃ、あたしは出掛けるわ」

典子はセカンドバッグだけを取りあげ、

「あまり、その子を苦しませないでね」

と、小雪の方を哀れむように見て言った。

「わかってる。頭を狙うからあっと言う間だ。虫歯を抜くよりも痛くはない」

松木は銃口を小雪の頭に向けたまま答えた。

典子はくるりと背中を向けた。

小雪は声も出せずただ目を見開いていた。

そのとき、小雪の見開いた目が信じられないものをとらえた。

松木が、何を思ったのか、背中をみせた典子の後頭部を猟銃の台尻でいきなり殴りつけたのである。

典子は「うっ」と呻いてその場に崩れるように倒れた。

何が起こったのだろう。

小雪は茫然としてそれを見ていた。

「あいにくだが筋書を少し変更させてもらうよ、典子」

松木は倒れた典子の体を見下ろしながら、そうつぶやく。

「高城が殺すのは、江島小雪だけじゃない。きみもだ。アームストロング医師は燻製のにしんに飲まれてあの世行き。これが私の筋書だ」

「な、なぜ――」

典子はよろよろと立ち上がろうとした。そこを、松木は待ち受けていたように再び銃の台尻で殴りつけた。典子の体がまた床に沈んだ。

二人は仲間割れをはじめた。逃げるなら今だ。小雪の本能がそう叫んでいた。

後ろ手に縛られたまま、椅子を蹴倒して立ち上がると、小雪は玄関めがけて走った。

松木がはっとしたように銃を構え直す。逃げる背中めがけて、何のためらいも見せずに、引金を引いた。

銃声。

小雪は背中に焼け付くような痛みをおぼえ、その場に昏倒した。

5

「江島小雪も河口湖の別荘へ出掛けた？」

署に戻った皆川宗市は、若い刑事からそう伝えられて、怪訝そうな顔になった。

「ええ。さっき、江島の自宅に電話を入れたら、祖母が出てそう言ったんです」

「高城も河口湖に出掛けている。これは偶然かな」

「偶然とは思えません。次の犠牲者は、ウォーグレイヴ元判事役の江島小雪です。もしかしたら、高城は――」

「その河口湖の別荘というのは、江島の家のものなのか」

「いや、祖母の話だと、向坂典子の家の別荘だそうです。江島は向坂の家族に誘われて行ったということです」

「それじゃ、向坂典子も一緒なのか」

「そのようです。典子のマンションに電話をしてみたところ、留守電になっていましたから。高城は江島と向坂が河口湖の別荘に行ったことを知って、いっきに二人を狙うつもりなのかもしれません」

「それで、その別荘の場所は？」

「これから、向坂の実家に連絡を取って調べるところです」

6

松木憲一郎は銃を構えたまま、はじめて人を撃った衝撃に細かく震えながら立ち尽くしていた。俯けに倒れた小雪の背中から、赤いケープをさらに赤く染めて、じくじくと鮮血の輪が広がりはじめている。

若い頃、ボウガンで鳥や猫を撃ったことはあったが、人間を、しかも少女を撃ったのは生まれてはじめてだった。

鳥や猫とは違う。

ひとを撃ったのだ。

身体の奥の深いところから、葦の群れが夜の風にそよぐような、ざわざわとほの暗い血のざわめきが聴こえる。

それはまだ人間が狩りをしていた頃の太古の血の記憶かもしれなかった。

足元にうずくまっていた典子が、「ううん」と呻くような声をたてたので、松木は夢から覚めたようにはっとした。

急がなければ。高城が来てしまう。

猟銃の台尻でもう一度典子の頭を殴りつけてから、銃を置くと、廊下の奥へ行って、浴室を探した。それらしい磨りガラスの戸を開ける。西洋風のクリーム色のバスタブを備え付けた浴室のタイルは濡れていた。誰かシャワーでも浴びたらしい。

松木はバスタブに栓をして、蛇口を一杯に捻った。しばらく使ってなかったらしく、水はすぐに出てこなかった。ゴボッという音がして、ようやく赤茶色の水が出てきた。さらに流し続けていると、水は透明になり、湯気をたてはじめた。

浴室から出ると、白いポロシャツの襟を血で汚して意識不明になっている典子の両足首をつかんで、廊下を引きずり、浴室まで運んできた。

典子の体を抱えてバスタブの中に横たえる。

水はなかなかたまらなかった。いらいらとして、腕時計ばかり眺めた。

そのとき、リビングの方から電話の鳴る音が聞こえた。誰からだ？　松木はぎょっとしてバスタブから身を起こした。高城からかもしれない。電話のベルはしつこかった。十二回も鳴り続けてようやく切れた。

早く始末をつけて、ここから出なければ。

典子が呻いてバスタブの中でもがいた。必死に起き上がろうとする。それを松木は両手と片足の膝を使って、のしかかるようにして上から押さえ付けた。

典子の目が何かを訴えかけるように松木をじっと見上げた。

なぜ？

その目は必死でそう問い掛けている。

なぜこんな目にあわせるの？

あたしを愛していたんじゃなかったの。

あたしたち結婚するんじゃなかったの。

子供を生んで新しい家庭をつくるんじゃなかったの。

愛していたよ。そのつもりだった。いつか話しただろう。晴美が二十歳になったら、結婚しようって。それまでは二人のことは二人だけの秘密にしておこうって。きみは頷いてくれた。もし、あの事件が起きなかったら、おれはそうしていたかもしれない。でも、もう状況が変わってしまったんだ。きみとは一緒にやっていくわけにはいかなくなったんだ。考えてもみろ。そんなことをしたら、おれたちが共犯だったたって世間に公表するようなものじゃないか。そんな危険なことができるか。結婚なんかしなくたっていいじゃないか。今まで通りでよかったのに。それなのに、きみは子供ができたと言って、急に結婚したいと言い出した。せめて事件のほとぼりがさめるまで待とうと言ってもきかなかった。その間にお腹の子はどんどん大きくなる。だったら、処置すればいい。子供なんて、この先いくらでも作れる。そう言ったのに、きみは目尻をつり上げて、中絶はいやだ、ぜったいに嫌だって言い張った。あのとき、もうだめだなと思ったよ。もうきみとはやっていけない。

もっと利口な女だと思っていたのに。母や初江や晴美とは違うと思っていたのに。結局、きみも同じだったんだな。その奇麗な顔と優しい声と白い指でおれをがんじがらめにしようとする。わたしだけを見て。わたしだけを愛して。もううんざりだよ。そういうセリフは。支配されるのはごめんだ。自由でいたいんだ。誰にもしばられたくないんだよ。

おれは気が付いたんだ。目覚めたんだ。いずれきみも初江のようになるってことにさ。どこへ行ってたの。誰と会ってきたの。あの女は誰。いつもいつもそればっかりだ。そんなことしか考えることはないのか。

初江が死んでやっと解放されたかと思ったら、今度は晴美だ。小さい頃はあんなに可愛かったのに、大人になるにつれ、妻のコピーになっていった。顔だけじゃない。口癖までそっくりになって。パパ、どこへ行ってたの。パパ、あの女の人とはもう会わないで。パパ、晴美を一人にしないで。もう沢山だ。今度のことでおれは目覚めたんだ。本当はきみたちなんか大嫌いだったってことがさ。もう女には支配されない。もう二度と誰にもだ。女なんか必要なときだけいればいい。

もがく典子の顔が一瞬、若い頃の母の顔に重なった。

憲一郎、お箸は右手で持ちなさい。何度言ったらわかるの。

憲一郎、お父さまとお母さまとどっちが好き。そりゃ、お母さまよね。

憲一郎、いい高校へ入って、いい大学へ入るのよ。そうしてお父さまより立派になるのよ。お母さまは憲一郎だけが生きがいなんですからね。

憲一郎、あの女はだめよ。家柄も良くないし、頭だって悪そう。お母さまがもっと良い人を見付けてあげます。あの女には、二度とつきまとわないでって言っておきましたからね。

憲一郎、薬を持ってきて。箪笥の引き出しにある、いつものお薬よ。お母さま、苦しいの。いつもの発作が起きたのよ。早く持ってきて。どうして。どうして。憲一郎、何をしてるの。何を見ているの。

憲一郎、憲一郎、憲一郎。

そうだよ。母さん。おれはあんたが嫌いだった。世界でいちばん嫌いだった。あんたが心臓発作を起こして倒れたとき、そばにいたのに、何もしなかったのはそのためだ。おれはただ見ていた。おれがあのとき最後に言った言葉をおぼえてる？　口うるさいくそばばあめ。おまえなんか死ね。あのときのあんたの顔ったらなかったよ。雷にでも打たれたような顔してたね。そして、あんたの心臓はあの瞬間にとまったんだ。

苦しげに訴える目をする典子の顔があのときの母に見えた。

憲一郎。なぜ。なぜ。なぜ。

おまえなんか死ね。

いい高校？　いい大学？　子供？　家庭？　それがどうした。

それがなんだっていうんだ。

そんなものはおれの夢じゃない。

おまえたちの夢じゃないか。

おまえたちだけの夢じゃないか。

おれを巻き込むな。

おまえたちだけの夢のなかで死ね。

松木は典子の首を両手でつかんで湯のなかに浸けた。典子は口を大きく開け、死際の金魚のようにあぶくを沢山吐き出した。押さえ付けている両手に、一瞬、強い抵抗を感じたが、なおも歯を食いしばって押さえ付けていると、抵抗はじょじょに弱々しいものになっていき、そのうち何の弾力も感じなくなった。

蛇口からはお湯がほとばしり続けている。

典子の髪が黒い水中花のようにゆらめき、彼女は目と口をポッカリと開いていた。

「ごめんよ」

松木は体を起こし、そうつぶやいた。

それは、苦しむ母を見殺しにしたあと、晴美の遺体を公園のベンチに置きざりにしたあと、思わず口から漏れたつぶやきでもあった。

そのとき、玄関のチャイムが鳴った。

VIII

大熊が一人を抱き締めて

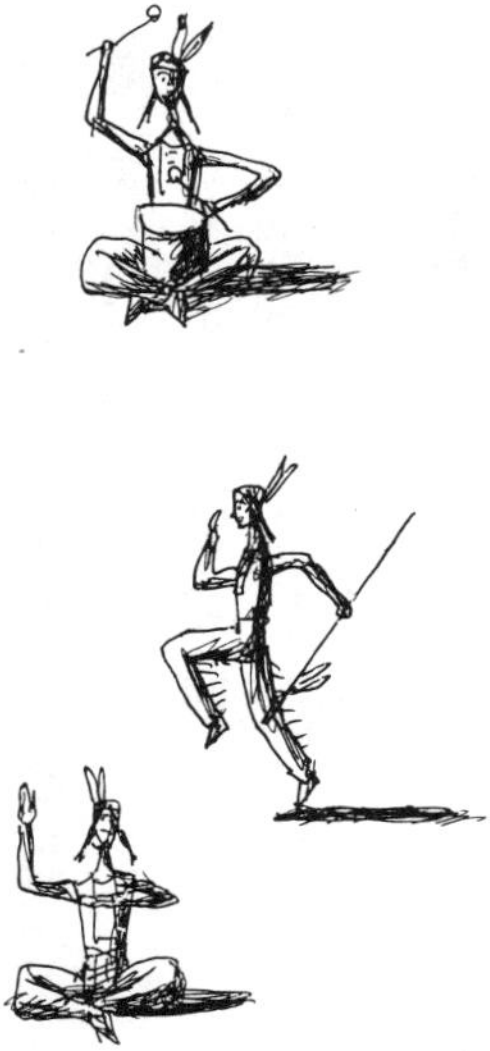

1

「変ですね。誰も出ません」

　受話器を置いて、加古滋彦が言った。

「江島の祖母の話では、新宿を午前七時三十分発の特急に乗ったということですから、もうとっくに別荘に着いているはずです」

　加古は腕時計を見た。時刻は午前十一時を少し回ったところだった。

「二人で買い物にでも出てるのかもしれないが――」

　皆川が暗い表情で言った。

「しかし、万が一ということがあります」

「そうだな。念のため、向こうの警察に連絡を取って、別荘の様子を見に行ってもらうことにするか」

「はい」

2

高城康之はもう一度インターホンを鳴らした。が、誰も出て来ない。向坂典子はどうして出てこないんだろう。留守とは考えられない。玄関前のスペースにクリーム色の車が停まっている。

待てよ。

あれは誰の車だろう。

たしか典子は車を持っていない。そんなことを聞いたことがある。とすると、あれは誰の車なのだ？

まさか。

高城の頭に疑惑がひらめいた。

あれは、もしかしたら、典子が別荘に呼び付けると言っていた、犯人の車かもしれない。東京ナンバーだ。そうだ。間違いない。犯人は既に来ていて、今なかにいるのだ。

高城は一瞬ためらった。中に踏み込むべきか、それとも――

しかし、ためらったのはほんの数秒だった。さげていたボストンバッグをおろして、チャックを開け、中から衣類の中に忍ばせたおもちゃの拳銃を取り出した。持っているだけで、なんらかの役にはたつかもしれない。

そうして、ボストンバッグをそこに置いたまま、ドアのノブを回した。ロックはされておらず、ドアは開いた。

3

チャイムの音を聞くと、松木は素早く行動した。リビングに放り出しておいた猟銃を取りに行くと、それを持って、脱衣所のドアの陰に隠れた。

ドアの開く音がしたかと思うと、すぐに、「江島君っ。しっかりしろ」という男の声が聞こえてきた。

高城の声のようだ。

4

高城の頭は真っ白になっていた。リビングに倒れていたのは江島小雪だった。赤いケープをきて、そばには灰色のかつらが落ちている。

なぜ小雪がここにいるのだ。

高城はそう思いながら、小雪の体を抱き起こした。背中にあてた手がぬるっとした。

小雪の顔は蒼白だったが、死んではいなかった。かすかに息をしている。

まだ助かる！

高城はすぐに電話機のそばに飛び付くと、受話器をはずした。一一〇番か。いや違う。救急車だ。救急車が先だ。救急車は何番だ。そうだ。一一九番じゃないか。119とブルブル震える指でプッシュした。アイボリーのコードレスホンが手についていた血で赤く染まった。

呼び出し音。すぐにつながった。

「怪我人がいます。すぐに救急車をお願いします。こちらの住所は……」

しかし、最後まで言えなかった。背後に人の気配を感じて振り向こうと思った瞬間、頭の後ろに衝撃が走った。

高城は受話器を取り落として、床に崩れ落ちた。

「もしもし？　もしもし？　そちらの住所をどうぞ。もしもし、どうされました？」

床に転がった受話器から緊迫した声が漏れてくる。

高城を殴り倒した影は、その受話器を拾いあげると、フックにかけた。

5

松木は猟銃を気絶した高城の手に持たせると、浴室の洗面所の鏡の前に行った。

鏡の中の顔は、蒼白で、髪が乱れ、目だけが血走っている。麻の背広とその下に着込んだノーネクタイのワイシャツの胸に点々と赤いものが散っていた。

血か？

松木は舌打ちした。

どこでついたんだろう。

そうか。典子の体を抱きあげたとき、頭から流れた血がついたに違いない。

松木は慌てて、ハンカチを濡らして、赤い染みを拭った。気が狂ったようにこすっているうちに、染みはピンク色に滲み、やがて目立たなくなった。背広とズボンが濡れていたが、車に乗ってしまえば東京に着くまで誰にも気付かれないだろう——と思いかけたとき、遠くから聞こえてくる音に気付いた。

なんだ、あの音は。

彼の顔が瞬間硬直した。

サイレンの音みたいだ。

警察か？

そんな馬鹿な。早すぎる。

化石のようになって、松木はパトカーのサイレンの音が近付いてくるのを聞いていた。

いや、待てよ。

パトカーだからといって、ここに来るとは限らない。そうだ。どこかで事故か事件でもあったに違いない。

そのうち、サイレンの音は通り過ぎていくに決まってる。

しかし、サイレンの音は耳もとで鳴らしているのかと思うほど、大きくなったかと思うと、ピタリとやんだ。

表で車の停まる音。

かすかだがそんな音を聞いたような気がした。

松木はゴクリと唾を飲み込んだ。

ここだ。ここに来たんだ。

くそ。早すぎる。どうしたらいいんだ。

裏口から逃げるか。いや、だめだ。車を見られた。へたに逃げたりしたら、あとで怪しまれる。高城は自分の無実を訴えるだろうから、不審な車があったとなると、警察も彼の言葉を信用してしまうかもしれない。

だめだ。それはできない。

どうする。

髪を掻き毟っている間に、玄関のチャイムがせわしなく鳴った。

松木はとっさに腹をきめた。

自分と高城の役割をひっくりかえせばいい。

すぐにリビングにとってかえすと、倒れている高城の手から猟銃を奪いかえした。高城がその刺激で「うーん」と唸って意識を取り戻したようだった。

松木は猟銃を持ったまま、玄関に出た。

制服警官が二人、ぎょっとしたような顔で、腰の拳銃に手をあてた。私服の刑事らしい男の姿もみえる。

「高城康之か？」

「ち、違います。私は松木といいます。高城じゃありません。高城なら中にいます」

松木は慌てて言った。「高城康之か」と言ったところを見ると、もう警察では、あの煙草の吸い殻から高城のことをつきとめたらしい。「ちょうどよかった。今、警察に連絡しようと思ったところなんです。中は大変なことになっています」

ばらばらと警官たちは入り込んできた。

電話機のそばで高城が頭を押さえてよろよろと立ち上がろうとしていた。

「その男です。それが高城です。私が来たとき、その男が猟銃を持って中にいたんです。取っ組み合いになって、私が猟銃を奪い、頭を殴りつけて気絶させたんです」

松木はそう訴えた。

「高城康之か」

私服の刑事が誰何《すいか》した。

「は、はい」

制服警官が彼を両方から取り押さえた。

高城は何が起きたのかわからないという表情でポカンとしたまま連行されていった。頭を殴られたショックからまだ立ち直っていないらしい。抵抗もしなかった。

「少女の方ですが、まだ息があります。すぐに救急車を呼びます」

小雪の体にかがみこんでいた刑事がそう言って、外に飛び出していった。無線で連絡するつもりらしい。

息がある？

松木はぎょっとした。

小雪は死んでなかったのか。しまった。動かなくなったから、てっきり死んだと思いこんでいた。確かめるべきだった。つい典子の方に気を取られてしまって――

頭の中の血がすーと引くような気がした。

もし彼女が一命を取り留めでもしたら？

いや、そんなことはない。かなり出血しているし、重症のはずだ。救急車が来るまで持ちこたえられまい。病院に着くまで持ちこたえられるはずがない。

必死にそう思いこもうとした。

「よ、浴室にもう一人います」

そう言うと、刑事は奥に入っていった。

「若い女のようだが、あちらはだめだな」

ズボンを濡らし、猪首《いくび》を振りながら戻ってきた。

「少し詳しい話を伺いたいんですが」

玄関のところに突っ立っていた松木に言った。

「まずお名前から」

胸ポケットから手帳を取り出す。

「ま、松木。松木憲一郎といいます。実は――」

松木は高城がしたことを全部自分のこととして話した。

「その向坂典子――あの浴室で死んでいる女性ですね――に呼び出されて来てみると、

もう高城が来ていて、二人ともやられていたというわけですね」

「そうです。さっきも言ったように、猟銃を持った高城と取っ組み合いになったんです。猟銃には弾がもう入ってなかったようで、高城はそれで殴りかかってきたんです。しかし、取っ組み合っているうちに、私の方が猟銃を奪って、彼の頭を殴りました。すぐに一一〇番しようとしたときに――」

「なるほど」

刑事は頷き、松木の恰好をじろじろと見た。

「服が濡れているようですが、それは?」

「ああ、これは、浴室にいた向坂君を助け出そうとして。でも無理でした。彼女はもうすでに」

「しかし、妙ですな」

刑事はボールペンで頭を掻きながらボソリといった。

「あの高城という男は服もズボンも濡れてませんでしたな。向坂という女性を殺すときに、相当濡れたはずなのに」

「き、着替えたんじゃないですか」

「ああなるほど」

「あの男が犯人に間違いありません。異常者ですよ、あれは。私に飛びかかってきたときの彼の顔は正常ではなかった」

「まあ、あの男が犯人かどうかは、服を調べれば、硝煙反応が現れるはずですから、すぐにわかりますよ。猟銃を撃ってますからね」

硝煙反応？

松木は頭がくらっとした。

なんてことだ。それも忘れてた。そうだ。猟銃を使ったんだから、当然、硝煙反応を調べるはずだ。そのことを忘れているなんて。

「し、しかし、あの男が着替えをしたとしたら、今着ている服を調べても」

「ああそうですな。ということは、この部屋に着替える前の服があるかもしれない」

「そ、そうですね」

刑事の目があたりを探す目になった。しかし、きょろついていた刑事の目は違うものをとらえたようだった。

「これが、さっき言ってたテープレコーダーですね。向坂という女性が、高城を威すつもりで用意したという」

刑事はテーブルの上に出してあった小型テープレコーダーを取り上げた。

「もしかしたら、このなかに高城と彼女の会話が録音してあるかもしれませんな。そうなれば決定的な証拠ということになります」

刑事はそう言い、巻戻しのボタンを押した。

そんなはずはない。

松木は腹のなかでせせら笑った。あのテープレコーダーは、典子が江島小雪を騙すためだけに持ってきたものだ。典子はおれとの会話を録音する気などはなからなかったんだ。共犯なのだから。録音なんかするわけがない。

そう思いながら、松木はそれでも嫌な予感に襲われた。

テープはまるで一杯に録音されていたように、シュルシュルと巻戻しの音をたてている。

何も録音してないのに、なぜ、巻き戻せるのだ？

まさか。

心臓が破れるかと思うほど鳴り出した。

いや、まさか。そんなはずはない。

典子はおれを信用していたはずだ。だから、そんなことをするはずがない。

きっと、音楽か何か吹きこんだままのテープを持ってきたのだろう。

巻戻しが終わったカチッという小さな音。

刑事は再生ボタンを押した。

そうさ。ポップスかロックでも流れだすにきまってる。刑事のやつ、証拠のテープじゃないとわかって、さぞがっかりするだろう。

しかし、しばらく雑音があって、レコーダーから流れてきたのは、やや聞き取りにくい低い女の声だった。

松木はその声が誰の声だか気が付いたとき、地の底に引きずり込まれるような恐怖をおぼえた。

『まずこれだけは先に聞いておきたいんだけれど、この一連の連続殺人は、けっしてあなたがやりたくてやったんじゃないってこと』

向坂典子の声だった。

「お、入ってますね」

刑事がつぶやいた。

入ってる？

典子は録音ボタンを押していたのか。

なぜ。

なんのために。

脚がガクガクと震え出して、松木は立っていられなかった。

典子の声が地獄から蘇《よみがえ》った亡者の声のように松木の耳に響いた。

『あなたなりにやむにやまれぬ理由で次々と殺人を犯すはめになってしまったってこと。これが真相だったんでしょう、松木さん？』

6

「おや」

と刑事は言って、ストップボタンを押した。

「妙だな。今、マツキと言ったような」

ぶつぶつ言いながら、テープを少し巻き戻した。同じところを聞く。若い女の声は、明らかにタカギではなく、マッキと呼び掛けている。聞き間違いようがなかった。

刑事はレコーダーのボリュームを大きくした。

『黙っているのは、イエスの意味と取らせてもらうわ。発端はあの七夕祭の西田エリカの毒死事件だった――』

松木は耳をふさぎたくなった。

やめてくれ。

テープの声はまるで典子がそこにいて、松木に話しかけているような錯覚を起こさせた。

バスタブの中から自分を見上げていた典子のあの目を思い出す。

なぜ。なぜ。なぜ。

訴えかけるような目を。

『――誰からも愛されていた。そんな西田をいったい誰が殺したのか。あたしも江島小雪からあることを聞かされるまでは、あの毒死事件の真相がつかめなかった』

ここで刑事は再びストップボタンを押した。

「どうも、この女性は高城ではなく、松木さん、あなたと話しているように聞こえますが？」

そう言って、鋭い一瞥《いちべつ》を、蒼白な顔で立ち尽くしている松木に向けた。

「署の方で詳しく話を聞かせて貰いましょうか。このテープもね」

松木は抵抗する気力も失って、刑事に腕を取られた。

なぜだ。

なぜ典子は会話を録音した。

ようやく典子の思惑がわかったような気がした。典子は江島小雪を騙す茶番の振りをして、実は松木をも騙そうとしていたに違いない。この証拠のテープをこっそり保管しておいて、いずれ、松木が自分の思う通りにならなかったときに、これをナイフのようにちらつかせるつもりだったのだ。

あの典子ならやりそうなことだった。

なぜそれが見抜けなかったのか。

こんなテープなど、警察が来る前にいくらでも処分できたのに。

もうこれでおしまいだ。このテープの中には何もかもが録音されている。茶番だと思ったから、何もかもしゃべってしまったのだ。

松木はうなだれた羊のように表にひきずり出された。

夏の日差しが眩しい。

目がくらみそうだった。

そのとき、何かが彼の中で爆発した。

いやだ。

つかまるのはいやだ。

自由でなくなるのはいやだ。

それならいっそ——

刑事の腕を振り払い、松木は押さえようのない衝動に突き上げられて、走っていた。

「松木っ」

「とまれっ」

「逃げたぞっ」

背後でそんな声が遠のいていく。

どこをどう走ったのか、めちゃくちゃに走っていると、広い道路に出た。

止まるな。

このまま突っ走れ。

向こうに渡るんだ。向こう側に渡りさえすればどうにかなる。

そんな声がどこからか聞こえた。

向こう側に。

道路に飛び出した途端、真昼の陽光を浴びて白く輝く巨大なものが、咆吼《ほうこう》をあげて彼に襲い掛かってきた。


数秒後。停車した大型トラックの前輪の下から人間の脚が覗いていた。真っ赤な血が道路に広がっていく。白い靴の片方だけがとんでもないところにポツンと転がっていた。それにさんさんと夏の日が降り注ぐ。

松木憲一郎を踏み潰したトラックの横腹には、「熊谷運送」と書かれていた。

IX

一人が日に焼かれて

1

七月二十七日、月曜日。

表のドアがノックされた。やや遠慮がちなたたき方である。

タオルケットにくるまってスヤスヤ眠っていた加古滋彦は「ううん」と寝返りをうった。

再びノック。

うるさいな。誰だよ。加古はうっすらと目を開けて、枕元の目覚まし時計を見た。午前十一時を少しすぎたところである。

まだ昼前じゃないか。たまの非番くらいゆっくり寝かしてくれよ。

こんな時間に来るのは、おおかたアパートの大家くらいなもんだろう。三か月分の家賃が未納になっているから、それを取り立てに来たに決まってる。

あごに鼻くそを丸めて付けたような大きなほくろのある大家の顔を思い浮かべると、げっそりした。あれは朝っぱらから見る顔ではない。ええい。このまま居留守を決め込んでやろう。どうせ無い袖は振れないし。

加古はタオルケットを頭からひっかぶった。

またもやノック。

最初は遠慮がちだったのが、だんだん音が大きくなっている。

大家め。しまいには拳でドアをぶち破るつもりか。

こんなにしつこいのは、駐車場に加古の車が停まっているのを確認してから来たからだろう。

くそう。

加古は頭をグシャグシャに掻きながら起き上がった。

「誰ですかあ」

これ以上不機嫌な声はないという声を出す。

「まだお休みでしたか。ごめんなさい。皆川です」

ドアの向こうから、大家のだみ声とは似ても似つかない、涼しい声がした。

ひえっ。

半分眠っていた頭が冷水でもぶっかけられたようにシャッキリした。

「ゆ、夕美さん?」

声が完全に裏返っている。

「今日、非番だって父から聞いたものですから。ちょっと早いかなって思ったんですけど——あの、まだお休みなら帰ります」

申し訳なさそうな声。

「いや、ぜんぜんっ。ぜんぜん早いなんてことはないですよ。もうとっくに起きてましたから。今ちょうど掃除中だったもんで、ちょ、ちょっと待ってください。掃除をすませてしまいますから」

加古は針で尻でもつつかれたように跳ね起きると、せんべい布団を畳みはじめた。布団だけじゃない。部屋にあるものは何でもかんでも押し入れのなかにたたきこむ。これが加古滋彦流の「掃除」である。

夜食に食べたカップラーメンを片付け、パジャマのズボンだけつけた裸同然の体に、大慌てでTシャツとジーンズを着けると、玄関のドアを開けた。

白地にところどころ紺色をあしらった、涼しげなワンピースを着た皆川夕美が立っていた。

いつもはさげている髪をアップにしている。

ややしもぶくれのふっくらした白い顔に、切れ長の目だけがきらきらと輝いていた。

まさに咲いたばかりの朝顔の風情。

朝っぱらから見るなら、やっぱ、こういう顔だよなあ。

「どうもお待たせしまして」

そう言うと、夕美は片手を口にあてててくすっと笑った。

と言って、加古のモジャモジャ頭を指さした。

「アタマ」

「へ？」

思わず手をあてると、髪に何かからまっている。

アラ、なんだろう。

慌てて部屋に戻って、洗面台の鏡をのぞくと、いつどこでからまったのか、よりにもよってボールペンが髪にからみついていた。雀の巣みたいな髪型ならではの芸当だ。

七三ではこういうことはやりたくてもできない。

加古は半ば引き千切るようにしてボールペンを髪から引きはがした。

「お昼、まだでしょ？」

夕美はそう言いながら靴を脱いで中にはいってきた。

「一緒に食べようと思って、そこのスーパーで野菜買ってきたわ」

さげていたビニール袋をダイニングルームのテーブルに置いた。中から赤ん坊の頭くらいのキャベツを取り出す。

加古のアパートは六畳の和室と、やはり六畳くらいのダイニングルームの付いた1DKである。木造だし、マンションと言えるほど立派なものではない。名称も、「コーポ滝沢」と、どことなく控え目なものである。

え？

加古は自分の耳を疑った。

今、夕美は「野菜を買ってきた」と言わなかったか？　そこのスーパーで、電子レンジでチンするだけのお好み弁当とか、パックされたおにぎりとかではなく、「野菜」を買ってきたと言ったのだ。ということは、ここで料理を作ると言っているのか。まさか、買ってきたキャベツを二人で生のままかじろうというのではあるまい。常識的に考えれば、ここのキッチンで、まな板と包丁を使って、切ったり煮たり焼いたりするということなのだ。つまるところは、手料理を食べさせてくれるということなのだ。

口に出して言ったらアホかと思われるようなことを加古は順序だてて考えていた。

「こ、ここで作るんですか」

おそるおそる訊く。

「あらいけない？　包丁とかまな板くらい持ってるでしょ？」

「もちろん持ってます。いやあ、夕美さんの手料理なんてはじめてだから」

「なにいってるのよ。何度も食べてるじゃない。うちへ来たときに」

夕美は笑った。

「でもあれは客としてだから。そういう意味じゃなくて。その、ここへ来て料理を作るなんてはじめてじゃないですか」

夕美が加古のアパートをたずねるのはこれで三度めだ。最初の訪問のときは中にはいらなかった。二度めは中にはいったが、コーヒーだけ飲んで帰って行った。そして、三度めは――

加古はいつだったか大学時代の悪友が言っていたことをふと思い出した。

「部屋にきて一緒にメシ食ったら、それはＯＫということなんだ」

加古はまだ夕美とはキスひとつしていない。それでプロポーズするんだから、あの悪友に知られたら、うぶを通り越して天然記念物扱いされるかもしれない。しかし、あいつがつきあっているようなお手軽な女たちとは、夕美はできが違う。別世界に生きている女性なのだ。あいつらはオンナだが、皆川夕美は、ジョセイなのだ。だからつきあい方も違って当然なのだ。

「感激だなあ」

加古はしみじみと言った。

「感激するほどたいしたもの作れないわよ。今だって焼きそばでも作ろうかって思ってるくらいだから。焼きそば嫌い？」

「焼きそば？　嫌いだなんてとんでもない。この世で焼きそばほど好きなものがないというくらいに好きです」

「ああそう。それはよかった。電話して好みを聞いてからにしようかとも思ったんだけど、まだ寝てると思って」

「ぼくは自慢じゃないけど、好き嫌いってないんですよ。好きなものは限りなく好きだし、嫌いなものはいつでも好きになれるくらいに嫌いですから」

「それじゃ、ちょっと待っててね」

夕美はキッチンに立った。

「あ。エプロンとかいりますよね？」

加古は泡くって言った。しまった。エプロンなんてしゃれたものはないぞ。まな板と包丁は一応持ってはいるが、めったに使ったためしがない。自慢じゃないがかびが生えてもおかしくないくらいだ。殆どが外食かインスタント食品ですませているからだ。

「エプロンなら持ってきました」

夕美は用意周到にそう言って、手提げの中から可愛いピンク色のエプロンを取り出した。

それをいそいそとする姿を見ながら、加古は、結婚すればこんな姿が毎日見られるのかと思った。しかし、問題はまだある。夕美の父、皆川だが――

「例の事件解決してよかったわね」

夕美はキャベツを洗いながら言った。

「ええ。そのおかげでこうして久し振りに休みがとれました。振り返ってみると、なんだか警察の面目丸潰れって事件でしたけどね。でも、とにかく解決してよかったです」

「松木は逃げようとしたところを、運送屋のトラックにはねられたんですって」

「ええ。自業自得とは言え、酷い死に様でした。頭をトラックの前輪に踏み潰されて。トマトを叩き潰したみたいで、人相なんてわからなくなってましたよ。現場の写真をあとから見せられたときに、さすがにうっと吐きそうに——あ、どうもすいません。これから食事というときにこんな話して」

「それにしても、皮肉な偶然ね。松木憲一郎を轢《ひ》き殺したトラックの持主の名前が『熊谷』だったなんて。まるで、鋼鉄の大熊に抱き締められて死んだみたいじゃないの」

「まったくです。これは天の演出とでもいうべきものです」

「でも、まさかあの松木が犯人だったなんて、聞いたとき信じられなかったわ。松木憲一郎って、テレビなんかで見る限りでは、女性や若者の理解者って感じで、すごく感じよかったもの。わたし、けっこうファンだったのよ。本だって買ったことあるし。その彼がって、未だに信じられないくらい」

「共犯の向坂典子だってそうですよ。見た目は、ちょっと気が強いかなって感じはしたけど、でも、清楚というか爽やかというか、かなりの美人でしたからね。刑事がこんな軽薄な言い方しちゃいけませんが、ウッソーてなもんですよ、聞いたときには。それにひきかえ、ぼくたちが犯人だと思いこんでいた高城という数学教師は、これはもう、いかにもネクラっぽくて、犯罪のひとつくらいやりそうな男って感じしましたからね。人は見掛けだけでは判断してはいけないと改めて思いました」

「そうね。人って見掛けによらないのよ。それでも、たいていの人は見掛けだけで好きになったり嫌いになったりするのね」

　夕美は背中を向けたまま言った。

「まったくです。ついイメージというものを優先してしまうんです。中身より。でも仕方ないですよね。中身なんてそうたやすく見えるもんじゃないから。外見からとりあえず判断するしかないんです。外を見れば、やっぱり醜いものより奇麗で気持ちのいいものの方がいい。人間の悲しき性《さが》ってやつですねえ」

少し沈黙があった。キャベツを刻むリズミカルな音。

「そう言えば江島という生徒、たすかったんですって?」

夕美が再び口を開いた。

「弾が急所をはずれていたことが幸して一命を取り留めました。今、河口湖の病院に入院してますよ。手術も成功したし、なんせ若いし、体力あるから、すぐに回復するそうです」

「そう。よかったわね」

「せめて、あの生徒がたすかってくれたのが唯一の救いでしたよ。ぼくたちが山梨県警から連絡を受けて駆け付けたとき、江島小雪は集中治療室にいたんです。出血がひどくて危ないんじゃないかって言われたんですが、手術がうまくいって一命を取り留めたと聞いたときには、もう思わず天に感謝しましたよ。向坂が吹き込んだテープはあるものの、あの子は大事な生き証人でもありましたしね。死なれでもしたら大変でした。皆川さんも同じだったと思います。あの子が助かったと聞いたときの顔ってなかった。皆川さんがあんな顔するのはじめて見たな。しばらく椅子から立てなかったくらいですから」

「江島という生徒はわたしと年頃もそんなに違わなかったから、父も、たんなる警官としての職務的な感情だけじゃなかったんでしょうね。きっと、こんな目にあったのが夕美だったら、今手術を受けているのが夕美だったらって考えていたのかもしれないわ」

夕美は包丁を握る手をふと止めて、遠い目をした。が、それは加古には見えなかった。

「そうです。まさにそんな感じの顔でした。今度の事件では、皆川さん独特の鋭い勘の冴えが見られなかったのも、そのへんに原因があるような気がしてます。被害者たちはみんな若い娘ばかりで、どこかで夕美さんとダブッてしまうところがあったのかもしれません。だから、感情移入しすぎて、いつもの冴えが今回ばかりは見られなかった。犯人の松木に対しても、父親としての同情の方が先にたって、心眼が最初から曇ってしまったのかもしれません。しかたないですよ。刑事だって人間なんですから」

加古は一人でわかったように頷いた。

「そうね。そうかもしれないわ。今度の事件での父の苦しみ方は今までにないものだったわ。それはわたしも感じていた。だから、多くの犠牲者を出してしまったけれど、ようやく凶暴な歯車が止まってくれて本当によかったと感じているの。天川の生徒たちがこれ以上殺されるのも嫌だけれど、それ以上に、父のあんな苦しむ姿を見たくなかったから」

「やっぱり、夕美さんはもう皆川さんのこと許しているんですね」

加古はポツンと言った。

「許すって？」

夕美は手をとめて振り向いた。

「お母さんのこと、聞きました。それが原因で、あなたがうちを飛び出して、一年、よそで暮らしていたこと。皆川さんはあなたがまだ自分を許してないって言ってたけど、ぼくはそんなことないって言ったんですよ。そんなことないですよね？」

「許すもなにも、わたしに父を責める資格なんてないもの。父は父なりにわたしたちのことを思って一生懸命だったんだろうし、母のことは父だけの責任じゃなかったの。母がたの祖母からあとで聞いたんだけれど、母には若い頃から、もともと、ふとしたことで自分の殻に閉じこもってしまうような、少し鬱病的なところが見られたんですって。もちろん、父のような人と結婚したことで、それが助長されたってことはあるかもしれないけど、だからといって、父だけが責められることじゃないと思う。あの頃は子供だったから、全部父が悪いと思ってしまったけれど、だから、うちを飛び出して、ずいぶん馬鹿な真似もしたけれど、ようやくそれがわかったの。だから、今のわたしは父を憎んでなんかいないわ」

「それを聞いて安心しました。そうじゃないかと思ったんだ。そうでなければ、あなたが、ぼくを受け入れてくれるわけがない」

加古はほっとしたように笑顔になった。が、すぐにまじめな顔になって、

「ただ、問題はその皆川さんがぼくたちのことをどう思っているかということなんです」

「反対してるかってこと?」

「ええ。ぼくときたら、口から滑ったって感じで、変な打ち明け方しちゃったから。あれはまずかったなあ。もっとちゃんと正式に話すべきでした。あれから何にも言ってくれないんですよ。反対とも賛成とも。まるで聞かなかったことみたいに無視されてます。まあ、あの事件のことでそれどころではなかったってこともあるんですが、

このへんで一席設けて、ほら、あの例の、『お嬢さんをぼくにください』って言って、両手ついて頭さげるやつ、やらなくちゃいけないかなあって」

「思ってるわけ？」

「はあ。ただこういうものはタイミングが肝心だから」

「そんなに堅苦しく考えなくてもいいんじゃないかしら。父は反対はしてないみたいだから」

夕美はフライパンを取りあげながら、さりげない口調で言った。

「え？」

「はっきり口に出しては何も言わなかったけれど、そんな気がするの」

「本当ですかっ」

「ええ。その証拠にね、今朝、起きたら、枕元に預金通帳が置いてあったのよ。わたしの名義になっていて、母がなくなったあとで、生命保険とは別に、いざというときのために父が少しずつためておいてくれものらしいの。あれを出してきたということは、入り用になったら使えということだと思う。ということは、あなたのことを暗黙のうちに認めたということじゃないかしら」

「やったあ」

加古は目の前がぱあっと開けるような気がした。

「だったら、一度、うちのものにも会ってくれますね。おふくろがうるさいんですよ。前に見合いの話、断ったときに、そういうこと考えている人がいると言ったら、おふくろのやつ、テンションあがっちゃって、一度会わせろ、今度そのために上京するって。うるさいのなんのって」

「もちろんお会いするわ。でも、わたし、お母さまに気にいられるかしら」

「それはもうっ。ぼくが太鼓判押します。会った瞬間気にいりますよ」

加古は拳でテーブルをはんこでも押すように叩いた。

「あなたが太鼓判押してもしょうがないじゃない」

夕美は苦笑した。

「いや、おふくろの好みはわかってますから。ぼくと同じなんです。ほら、よく『お嫁さんにしたい女優』とか言うでしょう。おふくろはああいうタイプが好きなんです。夕美さんてまさにああいうタイプですから」

「そう？」

もっと喜ぶかと思ったら、夕美の顔が曇った。

「いや、だからと言って、おふくろと同居するとか、いわゆるお嫁さんをして欲しいとかは思ってませんから。できればうちにいて欲しいけれど、束縛はしません。外に働きに出たければぼくは別に――」

つい調子に乗って、何か気に障ることでも言ったのかなと気にしながら、加古は慌てて付け足した。

「ねえ、加古さん。わたしのどこが好きなの？」

「え？」

夕美は少しあらたまった顔でまじまじと加古を見つめた。

「ど、どこがと言われても。一言では言えませんよ。まあ、なんと言いましょうか。全体的に好ましいなあと」

「わたしってどういう風に見える？」

「どうって、その、そうですね、まずとても清潔で、家庭的で、優しくて、でも芯はしっかりしていて――えーと、それから」

「もういいわ」

夕美は微笑した。

有頂天になっていた加古は、そのとき、夕美の瞳が陰りを帯びて伏せられたことに気が付かなかった。

2

七月三十一日。金曜日。

目を覚ましたら、高城康之の顔があった。

「あ、先生」

江島小雪は思わず起き上がろうとして、顔をしかめた。まだ手術した跡が痛む。

「いいよ。起きなくて」

高城は言った。枕元のテーブルには、高城が持ってきたらしいケーキの箱があった。

「いつからいらしてたんですか」

それでも小雪はそろそろと上半身だけを起こすと、高城に手伝って貰って、背中にクッションをいれた。

目をこすりながらたずねる。昼寝からさめた小さな子供のようにボンヤリとした顔をしている。

セミロングの髪を三つ編みにして、両肩にたらし、長すぎる袖口から指先だけがかろうじてのぞいているようなダブダブの青いパジャマを着た小雪は、学校にいるときよりも幼く見えた。

「ついさっき。ノックしたんだけれど、眠ってるみたいだったから。これ置いて帰ろうと思ったんだけれど――」

「寝顔があんまり可愛いんでみとれてたってわけか」

高城は苦笑した。

「ま、そんなとこかな。それにしても、凄い花束だね。これなら花屋が開ける」

窓の彼方に河口湖の見える病院の個室は、見舞いの花で溢れかえらんばかりだ。

「あたしって意外に人気あったんですね。おととい、天川の下級生の子たちが団体でやってきて、『先輩、ファンです。頑張ってください』なんて、それ置いてったんです。なんか宝塚のスターになったみたいでちょっと気分よかったです。あとクラスの子とか演劇部の連中もみんな来てくれたし」

「やっぱりケーキにして正解だったな。花じゃぜんぜん目立たない」

「花よりケーキ。ちょうど甘いものが食べたいなって夢のなかで思ってたんです。いただいてもいいですか」

小雪はそう言って、ケーキの箱を取ると中を開いた。

「何がはいってるのかな」

無邪気な顔で中をのぞきこむ。

「いちごショートにチーズケーキが二つか。妙に半端な数ですね。あれ、どうして、チーズケーキが二つなんですか」

「飲物はないのかな」

高城はうろうろと立ち上がった。

「そこのポットにお湯がはいってます。それと、ティーバックならそこに」

高城は紅茶の用意をした。

「どうもすみません。今日、まだ付き添いの人、来てないんです」

「立ってる者は教師でも使えってね」

紅茶をいれると、盆に載せた二つのカップをサイドテーブルに置いた。

「お互い大変な目にあったね」

高城はチーズケーキを自分の皿に取りながら言った。

「本当ですね。なんだか長い悪夢からやっと覚めたって感じ。松木はともかく、向坂先生が共犯だと知ったときはショックでした」

小雪はいちごをほお張りながら言う。

「同感だな。あの人にはまんまとやられてた。もし、あのテープがなくて、きみが助からなかったら、ぼくは今ごろ無実の罪で刑務所行きだったかもしれないと思うとぞっとするよ」

高城は溜息をついた。

「でも、変だなって思うことはたびたびあったんだ。まさかあの人がとすぐに打ち消してしまったけれど。川合利恵が演劇部の部室で殺されとき、教員用のトイレから出て来た向坂さんの顔色はただごとじゃなかった。貧血が起きただけだって言ってたけど、あのときはもう川合を殺していたんだ。顔色が悪いのも当然だった」

「高城先生、もしかしたら、向坂先生のこと好きだったんじゃないですか。だから、怪しいと思っても否定したかったんじゃないのかな」

小雪はショートケーキをフォークで切り分けながら、からかうような目つきで見た。

「そんなことはない」

高城は即座に言った。

「いや、その、好感はもっていたよ。そうだな。女性としての彼女にというより、彼女の若さに対してと言った方がいいかな。羨ましかったんだ。あの若さが。彼女はよくも悪くも若かった。若いから何をしても爽やかだったし、はつらつとして見えた。あの人を見てると、自分はいつのまにかこういう情熱やひたむきさを忘れてしまっていたなあって実感させられた。だから、彼女を見ているのは好きだった。でもそれは――」

「事件のことにかこつけて、やたらとつきまとうって言ってましたよ。だから、犯人に仕立てようと思い付いたんだって」

小雪は少し意地の悪い気分になってそう言った。

「そうじゃない。たしかに、あの人のマンションに何度か足を運んだり、偶然を装って話すチャンスを作ったりしたことは事実だ。でも、それは、彼女個人に関心があったからじゃないよ。あの人が演劇部の顧問で、殺された生徒たちの一番身近にいた人間だし、事件の謎を解く鍵を握っている人だと思ったからだ。それに、そういう立場上、彼女は警察と接触する機会が多くて、彼女と話せば、新聞などで報道されていない部分でも情報を得られるのじゃないかと思った。

彼女が何か勘違いをして、ぼくの接近をうとましがっていることには気が付いていたが、やはり近付かないわけにはいかなかった。それに、ぼくは本当にきみたちのことが心配だった。これ以上犠牲者が出てはならないと本気で思っていたんだ――」

高城はそう言ったが、自分が嘘をついていることを感じていた。今、小雪に話していることは、実は九十九パーセント本音だったが、たった一パーセントだけ嘘をまじえている。

もし、高城のいった言葉の「きみたち」というところを、複数ではなく、単数形に置き換えたならば、彼の気持ちは百パーセント表現されたことになったのだが。

江島小雪という一生徒の存在が、高城のなかである特別な意味をもちはじめたのは、一年前の冬、あのぬるま湯のような名門女子校にささやかな波風をたたせた事件――事件というほど大袈裟なものではなかったが、平穏無事すぎる（表面的には）女子学校の職員室では由々しき事件として扱われた――のときだった。

二年の二学期の期末試験で、高城は自分で作成した少し風変わりな問題を出した。今までの問題傾向とは全く違うパズルのような問題だった。あんなことをしたのも、若くはつらつとした新任教師の向坂典子の出現に、横つらをはられたような思いがしたからかもしれない。

去年までの高城は、天川学園にも、天川の生徒たちにも半ば絶望していた。新任当時は、自分の担当する数学の面白さや美しさを少しでもわかって貰おうと、彼なりに工夫をこらして授業にのぞんだ日もあったが、そのうち、これは全く報われない苦労だということがわかってきた。

徹夜で作った模型を見せながら、少しでも生徒の興味を引くユニークな授業をしているつもりだったが、肝心の生徒の反応ときたら、拍子抜けするほど無気力なものだった。

授業などそっちのけでペチャクチャおしゃべりに花を咲かせる者、これみよがしに大あくびをする者。コンパクトを取り出して、何がそんなに面白いのか、自分の顔を眺めて暇を潰す者、猿が蚤《のみ》を探すみたいな恰好で、俯いて一心不乱に枝毛を探す者。

花園どころか、ちょっとした動物園だった。

一方、四年制の大学を目指している受験派の優等生たちからは、「先生。そんなわけのわからないことはやめて、早く普通の授業に戻ってください。迷惑です」と抗議された。「普通の授業ってなんだ?」と聞き返すと、「受験に役立つ授業のことです」と当然のことのように言われた。

腹を立てる気力も、憤然と辞表をたたきつける勇気もなくして、職場は彼にとって、いつのまにか、味のなくなったガムを吐き捨てることもできないままに、いつまでも嚙み続けているような味気無い場所にかわった。勤めて一年もしないうちに、給料はいいし、休みも多い。職場のわずらわしい人間関係も、教壇に立っていないときは、研究室に閉じこもることでかわすことができる。波風をたてずに適当にやっていれば、そこそこに食べていける職業ではある。まあ、これでもいいかという気分になっていた。ぬるま湯に浸かって、けっこうその微温的日常に、体も頭も慣れてしまったという感じだった。

それでも、そんな惰性的な生き方に完全に飼い慣らされてしまったわけではなかった。どこかにまだ抵抗するものが残っていたらしい。それが期末の試験にパズルのような問題を出すという行為を取らせた。

あの問題は生徒たちをおおいに戸惑わせたらしく、案の定、零点が続出した。出来ない生徒はもちろんのこと、トップクラスの生徒の中からも零点が何人も出た。めくってもめくっても、真っ白なままの答案や、三分の一ほどは気まぐれでやってみたものの、途中で馬鹿馬鹿しくなってやめたという風の答案の山の中で、たった一枚だけ、最後まで問題と格闘して答えを出しているのがあった。

名前を見ると、江島小雪とある。生徒の顔など覚えなくなっていた高城が、あの子かと、すぐに思い出すことができたのは、江島の顔が、子供のころに魅了された、キャロルの『不思議の国のアリス』の翻訳本の挿絵に出てきた、テニエル卿描くところのアリスにどことなく似ていたからかもしれない。

大人とも子供ともつかない、その中間を永遠にさまよっているような、表情によってはぶきみさすら感じる、あの人形めいた美貌は、はじめて頁を開いたときから、不思議な魅力で高城を捕えていた。

八分の一だけフランス人の血が入っているという江島小雪は記憶の中のアリスによく似ていた。

江島の答案は、解き方は間違ってはいなかったが、あまりスマートなやり方ではなかった。しかも、途中で計算ミスをしたらしく、出した答えは完全に間違っている。おまけに、何度も書いては、消しゴムで消し、また書いては、また消しということを繰り返したせいか、あちこち破けて、紙はボロボロになっていた。

しかし、その答案は高城を感動させた。

目の前にあるのは、すでに一枚の答案用紙ではなかった。それは、困難なことや未知の領域に果敢に立ち向かっていく一人の人間の精神だった。これにどうやって点数などつけられるだろうか。

機械的に考えれば、解き方は合っていても答えは間違っているのだから、何点かの部分点を与えるというのが無難な採点の仕方だったが、なぜかそうはしたくなかった。自分はこの答案を見て心を動かされた。その感情というものを数字にこめることはできないものか。数字というのは、多くの人が信じているように、人間の感情とか感性とかとは拘わることがない、厳然とした妥協の余地のない冷たいものなのか。数字に感情をこめることが許されるならば、これは最高点に匹敵する答案だと思った。

少し迷った末に、高城はその答案に満点をつけた。数字とはけっして厳然とした、曖昧さを拒否した冷たいものではない。ちょうど言葉のように、人間の割り切れない感情や感性をも十分に表すものでなければならないと思ったからだ。

しかし、危惧したとおり、こんな考えが他の教師や生徒たちに通るわけがなかった。高城の担当したクラスから零点が続出したことが問題になっていたところへ、一生徒の答案に採点ミスがあったとわかって、鬼の首でも取ったように責められた。

ミスだ、えこひいきだと、次元の低い罵《のの》られ方をした。あれはミスでもなければ、えこひいきでもなく、自分なりに考えた末にしたことだと説明したが理解されなかった。同じ数学担当の教師からは、問題からして「不真面目」だと言われた。不真面目？　あれほど真面目になったことはかつて一度もなかったのに、と高城は思ったが何も言い返せなかった。

結局、もう一度試験をやり直すということで一件落着し、高城の首はつながったが、以前にもまして、同僚からも生徒からも冷やかな目で見られるようになった。

でもあれはやってよかったと今でも思っている。あれをやらなかったら、江島小雪という砂金を、多くの砂つぶのなかから見付け出すことはできなかった。そのへんの問題集から適当に抜き出したような問題を出していたら、こういう生徒がいるということも知らぬままに、江島は卒業してしまったかもしれない。

それがわかっただけでも、あのささやかな抵抗はやった価値があった——

「ねえ、先生。あたし、ここに入院してから、ずっと考えてることがあるんですよ」

ケーキを奇麗に平らげて、皿をテーブルに戻しながら、小雪がポツンと言った。

「なんせ寝てるしかなくて暇だから」

「なに？」

「裁かれざる犯罪というものについてです。クリスティのあの芝居も、それがテーマでしたよね」

小雪は、高城にというよりも、自分自身に話しかけるような目で言った。

「例えば、こういうのは犯罪といえるのでしょうか。Aという人間がいます。ある日、このAが川沿いに歩いていたら、たまたま川で溺《おぼ》れている人間にでくわしました。見ると、それはAの知り合いのBでした。Aは泳ぎもできるし、その気になればBを助けることができた。でも、AはそうはしたくなかったAというのは、Aは日頃からBを憎んでいて死んでくれたらいいと思っていたからです。だから、AはBを助けなかった。Aの行為は犯罪といえるのでしょうか」

「うーん。そうだな。法律のことはあまりよく知らないが、そういう状況だと、Aを法的に罰することは難しいんじゃないだろうか」

「しかも、狡猾なAは道義的な責任をもあとで追及されないために、一応、助ける振りだけはするのです。自分は泳げないから誰か泳げる人を探しに行くとか。でも、それはなるべくゆっくりと、間に合わないように時間をかけて。殺意はあるんです。ただ直接手を下して、Bを川に突き落とすとか沈めるとかするのではないけれど、Bを殺したいという殺意はAの中にあるんですよ。それでも犯罪にはならないのかしら」

「法的な意味では裁かれることはないだろうね。助ける振りをしていたなら尚更だ。それが本気でしたことか、振りをしただけかはAだけが知っていることで、外からは判断できないからね――」

高城がそう言いかけたとき、ドアがコンコンとノックされた。

3

「どうぞ」

小雪が返事をした。

ドアが開いて、はいってきたのは、大塚署の皆川宗市だった。

「ああ、これはどうも」

高城がいるとは思わなかったらしく、皆川は少し驚いたようだったが、

「お見舞いですか」

と、ハンカチで汗を拭きながらたずねた。

「ええまあ。刑事さんこそ、まだ事件のことで何か？」

「いやいや、こっちに来る用があったもんだから、ついでです。ちょっと顔だけ見ていこうかと思って。だいぶ顔色も良くなって、元気そうになったね」

小雪の方を見て白い歯を見せた。

「おかげさまで」

小雪はおとなびた微笑を浮かべた。

「夏休みが終わるまでには退院できそうです」

「そうか。それはよかった。いやあ、それにしても暑い。七月も末になると、照りつける日差しの強さが違いますな。こうギラギラしている」

皆川はしきりに首筋をハンカチで拭いながら笑った。

「刑事さんも、おひとつどうですか」

小雪は箱に残っていたケーキをすすめた。皆川は笑顔を絶やさず、ノーサンキュウというように手を振り、

「アイスクリームでも買ってくればよかったかな」とつぶやいた。

「そうだ。ねえ、刑事さん。今、高城先生とあることについて話していたんです。ちょうどいいところに来てくれました。捜査のプロとしての刑事さんのご意見も聞かせてください」

「ほう？　どんな？」

皆川は目を細めるようにして小雪を見た。

「裁かれざる犯罪ということについてです――」

小雪はにこにこしながら、さっきのたとえ話を繰り返した。

「どうですか。こういう場合、警察はこのAをつかまえることができますか。裁判にかけて有罪にすることができますか」

「それは無理だろうね」

皆川はあごを撫でながら、ふと視線を窓の外の、日差しに輝いている湖の方に投げ

掛け、眩しそうな目になって言った。

「まぎれもなく殺意があってもですか。Aのしたことは犯罪とは言えないんでしょうか」

「そうだな。犯罪かもしれないが、警察や裁判所で裁くべき犯罪ではないのかもしれない。それに今のたとえ話では、殺意はまず立証できそうもないだろうし」

皆川は小雪の指さきあたりを見ながらそう言った。

「それじゃ、誰が裁くんですか。法が裁けない犯罪は」

「その罪を犯した人間自身じゃないだろうか」

そう答えたのは、皆川ではなくて、高城だった。

「いくら法的には罰を免れても、その人間自身が自分を罪人だと思ったら、彼自身――あるいは彼女自身がいずれ自らを裁くしかないんじゃないのかな。そのAにしても、Bが死んだあとで、自分の行為を後悔するようになるかもしれない。そう思いはじめたときから、Aの罰ははじまるのかもしれない」

「自殺ということもありえますよね？」

「選択肢のひとつとしてはあるだろうな。でも――」

「刑事さんはどうですか。どう思います？」

小雪は外を眺めている皆川の背中に話しかけた。

「そうだね。高城先生と同じ意見というところかな」

「でも、もしAが自分の行為を後悔しなかったら？　自分のことを罪人だとは思わなかったら？　自らを裁こうとはしなかったら？　一体誰がAを裁くんでしょうか」

「まあ、それは次に会うまでの宿題ということにしておいてくれないか」

高城は腕時計を見ながら苦笑した。

「それじゃ、ぼくはそろそろこれで」

皆川が窓から振り返った。

「もう来られないと思うが、次は学校で会おう」

開いたドアの向こうに半ば体を出しながら、高城は小雪に言った。

「はい。さっきの宿題、忘れないでください。始業式の日に答えを聞きますから」

小雪はそう言って、片手をあげてバイバイというように小さく手を振った。

「それじゃ、お先に」

高城は皆川の方に軽く頭をさげると、ドアを閉めた。

廊下を遠ざかる靴音。

皆川はしばらく窓の前から離れなかった。

小雪の顔から微笑が消えた。

「湖が見えて、いい所だね」

皆川が言う。

小雪は答えなかった。

「今日が何日かおわかりですよね」

長い沈黙のあと、小雪が言った。氷のように冷たい声だった。

「ああ」

皆川は背中を向けたままそう言った。

「例の五百万、きみの口座に振り込んでおいたよ」

4

「あの日、西田エリカの毒死事件があった夜、あんな電話を受けて、さぞ驚いたでしょう？」

小雪の口元に薄い笑いが浮かんだ。

皆川は、七月五日、午後八時半頃に、署の方にかかってきた一本の電話に出たときのことを思い出した。

江島小雪はこんな冷やかな声で、いきなり彼を「ヒトゴロシ」と罵った。

「あたしが誰だかわからなかったんじゃないですか。まさか、四年前、横浜の、港近くの倉庫裏で出会った娘だとは夢にも思わなかったでしょう？」

「ああ。すぐにはわからなかった。あのとき、きみは今よりも大人っぽく見えた。派手な化粧をしててボディコンみたいな服を着ていたからな。女子大生くらいに見えたよ。まだ中学生だったとは知らなかった。なぜあんなところにいたんだ？」

皆川は振り向いた。

「あの頃、横浜に住んでいたんです。あの日、両親が離婚するって話聞かされて、あたし、なんだか気がくさくさしていたから、大人みたいに見える恰好して、学校の友だちに聞いたことがあるジャズ喫茶に遊びにいったの。あれはその帰りだった。ジャズ喫茶で知り合った男に車にのっけて貰って途中まで来たんだけれど、その男が変なことしようとしたんで、夢中で車を飛び下りて、一人で歩いていたのよ。潮の匂いのする夜風にあたりながら、倉庫の近くまでブラブラ来ると、人気のない倉庫裏から悲鳴みたいな声がして、男が飛び出してきた。街灯の下で、その男の顔をあたしはハッキリと見た。男の服には血がついていた。顔が引きつって凄い形相《ぎょうそう》をしていた。あたし、怖くなってすぐにその場を走って逃げたわ。翌日の夕刊に、港近くのスナックのマスターが倉庫裏で刺し殺されたって記事が小さく載ってた。咄嗟にあなたが犯人だと思った。あたしは犯人を目撃したんだって」

「どうして、四年間も黙っていた？　なぜ、あのとき犯人を見たと警察に知らせなかったんだ？」

「あのときはまさか、あなたが警察官だなんて夢にも思わなかったからよ。新聞には、殺されたマスターはもとどこかの組の者で、内輪もめか何かで刺されたらしいってあったし。てっきり、犯人も組関係の者だと思った。そんなのとかかわりになりたくなかったし、あのあと、あたしは東京の祖父母と暮らすことになって、こちらに引っ越してきたのよ。だから、あの事件のことは自然に忘れてしまった。それが、まさかこんな形で、あのときの犯人の男と再会するなんて。しかも刑事だったなんて。あなたは少しも変わっていなかった。だから一目見てすぐに思い出したわ。あのときの男だって」

「なんで恐喝することなんか思いついたんだ？　そんなに金が欲しかったのか。聞くところによると、きみの家はかなりの資産家だそうじゃないか。小遣いには不自由してないんだろう」

皆川はやや皮肉っぽく言った。

「お金じゃないわ。あなたが警官だと知ったからよ。人殺しをつかまえる仕事の警官が人を殺して、しかもそれを隠し通して、今ものうのうと警官でいるということが、どうしても我慢できなかったのよ」

「たしかにおれは殺人を犯した。でも、理由は言えないが、あいつは殺されてもしかたのないことをしたんだ。だから、警官もやめなかった。とにかく、あの事件はもう終わったんだ。金も払った。これであの事件のことはもう忘れてくれないか」

「たった五百万で、あなたが人殺しだということを忘れろっていうんですか。あのスナックのマスターの命もずいぶん安いものなんですね」

小雪の顔に冷やかな笑いが浮かんだ。

「今さら、四年前の事件をむしかえしてどうするんだ？　それに五百万という金は、おれにとってはけっして端金じゃない」

「でも、人間一人の命の値段としたら安すぎるんじゃありませんか」

「人間？　あいつは人間なんかじゃない。おれはあいつを刺したことを今だって後悔していない。人間を殺したとは思っていないからな」

「なぜあのマスターを殺したんですか。あのマスターはあなたに何をしたんですか」

「それは言いたくない」

「いいですよ。どうせあたしに言わなくても、あなたはいずれ警察で尋問されることになるんだから。嫌でも話さなくちゃならなくなるでしょうね」

「それはどういうことだ？」

皆川の目が恐ろしいものでも見るように見開かれた。

「最初はお金が手に入ろうと入るまいと、あれでやめるつもりでした。お金がめあてじゃなかったんだから。ただ、あの事件の犯人を知っている者がいるということをあなたに知らせたかっただけだから。でも、今、考えが変わりました。体が回復したら、横浜の警察に行きます。そして、あなたのことを話して、四年前の事件をもう一度調べ直してくれるように話すつもりです。あのときは、ただ犯人らしき男の顔を目撃したというだけで、証拠はなかったけれど、今なら証拠があります。ついさっき、あなたが自分で証拠を作ってくれました。あたしの預金通帳に振り込まれた五百万というお金です。あの通帳を見せたら、まだ高校生のあたしがあれだけのお金を誰から貰ったのか、警察だって少しは興味を持ってくれると思います」

「馬鹿な。そんなことをしたら、きみだってただではすまない。恐喝したということが知られてしまうんだぞ」

「構いません。どうせあたしは未成年だから、罪に問われるとしてもたいしたことないだろうし、現役警官の殺人という大罪にくらべたら、あたしの恐喝なんて可愛いものじゃないですか」

「そんなことはさせない」

皆川は恐ろしい形相で小雪に近付いた。

「ここであたしの口を封じますか。首でも締めて？　それとも、ここは三階だから、そこの窓から突き落としますか？　あたしに死んで欲しかったんでしょう？　だから、松木が犯人だとわかっていたのに、彼をつかまえようともしなかったんでしょう？

そうやって、ただ、次々と犠牲者が増えていくのを見ていたんでしょう？　早くあたしのところまで順番が回ってこないか。それだけを祈りながら」

「な、なにを言う」

皆川の顔がさっと青ざめた。

「あたし知ってるんですよ。あなたは四年前に横浜でスナックのマスターを刺し殺した。でも、それよりももっと大きな罪を犯したことを。あなたは今度の見立て殺人の真相を早いうちから見抜いていたんじゃありませんか。松木が犯人だということも、向坂典子が共犯だということも、全部、わかっていたんじゃないですか。別荘で、あたし聞いたんです。向坂先生が、川合利恵を四ばんめの犠牲者にしようと思ったのは、あなたが松木に疑いの目を向けてうろついていたからだったって。警察というより、あなたの目をそらしたくて、第四の殺人を犯したんだって。

あなたは早くから気が付いていたんですね。事件の真相に。でもそれを誰にも言わなかった。他の刑事たちにも黙っていた。もし、あなたが松木や向坂への疑惑を捜査に生かしていたら、彼らはもっと早く逮捕できたかもしれない。あんなに沢山の人間が殺されなくてもよかったかもしれない。でも、あなたはそうはしなかった。犯人がつかまっては都合が悪かったから。犠牲者の順番がウォーグレイヴ役のあたしにまで回ってくるのを密《ひそか》に待っていたから。直接手を下したのは、松木や向坂だったかもしれないけれど、皆川さん、あなただって彼らの共犯だったんです」

「ち、違う。おれは——」

「あたしが裁きたいのは、四年前の事件ではないんです。あれは法の力で裁くことができる。でも、今度の事件は違う。あなたが心の中で犯した罪は誰にも裁けないんです。だからこそ、あたしはあなたの犯した罪を裁きたい」

「裁けない犯罪をどうやって裁くっていうんだ」

「さっき、高城先生が言っていた言葉を覚えてますか。人が心のなかで犯した罪は、その人自身にしか裁くことができないって。あたしもそう思います。だから、あなたにもそうして欲しい。あなた自身で裁いて欲しいんです。あなたのしたことを」

「どうやって？　刑事をやめればいいのか」

皆川はかすかに喘ぎながら言った。小雪は何も言わなかった。ただ、瞬《まばた》きもせずに皆川を見ている少女の目はもっと違う何かを要求していた。沈黙のうちに、あることをしろと促している。皆川はふとそう感じた。

ややあって、小雪は言った。

「自分をどう裁くか、そのやり方は、あなたにお任せします」

5

駅の改札を出ると、皆川宗市は自宅のある方向に向かって歩き出した。夏の空は、昼間の輝きを僅かに残し、水色の絵の具に濃紺を流しこんだような色に染まりはじめている。

濃紺は少しずつ水色を覆って、やがて夜の闇が訪れる。

家路を急ぐ人たちの群れの中に混じり、見慣れた商店街の雑踏を通り抜けながら、皆川の耳は、夕暮れどきの街のざわめきを聞いてはいなかった。

そうだ。江島小雪の言った通りだ。おれは、あれが松木の仕業ではないかと最初から疑っていた。疑いはじめたのは、二番めの、松木晴美の遺体が発見されたときからだった。晴美の遺体は、いかにも自殺を装った他殺のように見えた。

でも、何か納得がいかなかった。犯人はなぜ晴美の遺体を自宅近くまで運んだのか。

深夜とはいえ、都会の夜は完全に人気が絶えるということはない。誰に見られるかわからないのに、そんな危険を冒してまで、遺体を運んだ。被害者の自宅と目と鼻の先に。

それだけじゃない。晴美の殺害の仕方も気にかかる。睡眠薬を飲ませても確実に死ぬとは限らない。殺意があるなら、こんなまだるっこい方法ではなく、もっとてっとり早い方法、たとえば絞殺とか青酸カリを持っていたなら、それを使うとか、なぜもっと確実な方法を取らなかったのか。

むろん、この素朴ともいえる疑問は、犯人がある種の性格異常者で、クリスティの芝居の見立てにこだわったのだと考えれば、一応の理屈は通る。

晴美の遺体を家の近くまで運んだのは、いわば警察や被害者の家族に対する犯人の挑戦意欲のあらわれであり、次の殺人に取り掛かるためには、発見されやすい場所に遺体を放置した方がいいと考えたのかもしれない。睡眠薬を使うという方法も、見立てにこだわったとすれば納得できないこともない。

しかし、現実主義者の皆川は、そもそもあれが、見立て殺人などという小説じみたものだとはとても思えなかった。人が人を殺すには、たとえそれが金めあてだったとしても、もっとドロドロした情念ともいうべきものがその根底にあるはずではないか。見立てなどという、そんなゲームじみたものが動機のわけがない。これがリアリストとしての皆川の考えの基本だった。

だから、真相は逆なのだ。きっと逆だったに違いない。犯人は見立てにこだわって殺人を犯したのではなく、なんらかの都合で、見立てを装わなくてはならなくなったのではないかということだ。その都合とは何か。それがわかれば犯人の正体も自然に見えてくるはずだ。

皆川はごく単純に素朴に考えてみた。まず、睡眠薬死と聞いて、すぐに思い付くのは、自殺か事故死だ。皆川の警官としての経験からしても、睡眠薬にからんだものは、たいていが自殺か飲みすぎによる事故死だった。

ということは、もしかしたら、晴美は殺されたのではなく、自殺したか、あるいは事故死したのではないか。それを誰かが他殺に見せ掛けた。誰がなんのためにこんなことを？　もし、晴美が誰かの家で発作的に睡眠薬自殺を図ったとしたらどうだ。その誰かは拘わりになるのを恐れて、死体を始末しようとしたのかもしれない。しかし、そう考えても、その死体をわざわざ自宅近くの公園に運んだ理由が今ひとつ釈然としない。

考えているうちに、皆川の頭にある考えがひらめいた。もしかしたら、晴美の遺体は自宅近くまで運ばれたのではなくて、自宅から運び出されたのではないか。状況は全く逆だったのではないか。

そう思いついたのだ。晴美は自宅で死んだのだ。睡眠薬を飲み過ぎて。なぜ？　なぜ睡眠薬を飲んだ？　昼間の事件だ。昼間の毒死事件が何か関係があるに違いない。芝居用の紅茶に青酸カリを入れたのは松木晴美だったとしたら？

そうだ。だから、睡眠薬を飲んだのだ。学園の講堂で演劇部の関係者を集めて事情聴取したとき、松木晴美は終始泣きじゃくっていた。あれが芝居だったとは思えない。たぶん、晴美は西田を殺すつもりはなかったのかもしれない。いやがらせだけのつもりか、あるいは手違いだったのかもしれない。だから、その責任を感じて、夜、睡眠薬を飲んだとしたら？

ここまでわかれば、あとはからんだ糸がいっきにほどけるようなものだった。晴美の遺体を家から運び出せた人間は一人しかいない。父親の憲一郎だ。その動機もおおむね推察できる。憲一郎がテレビなどで顔の売れはじめた有名人だったことが少なからず関係していたに違いない。娘の犯罪を隠したかったのだ。それが動機だ。他殺に見せ掛けたのもそのためだ。加害者から被害者の側についてしまおうとしたのだ。そうすれば、世間の同情が集まりこそすれ、非難されることはないと考えたのだ。

もし、これが真相だとしたら、もう事件は起きないはずだと皆川は考えていた。ところが、事件は再び起きた。佐久間みさが殺されたのだ。いったんは自分の推理を疑いかけたが、すぐに立て直した。佐久間みさが晴美と親友だったとしたら、晴美のしたことをみさも知っていたとも考えられる。つまり、松木が口封じのためにみさを殺したのではないか。そう考えても矛盾はない。このあたりから、松木は真の動機を隠すために、見立てを強調しはじめていた。

皆川の中で松木憲一郎への疑惑はいよいよ高まった。おまけに、夕美の部屋の本棚に、ちょうど松木の本があったので、なんとなく読んでみたら、それには、松木が子供のころは左利きで、母親に矯正されたという話が載っていた。松木は本当は左利きだった。だから、咄嗟に佐久間みさを左手で殴り殺したのだ。

犯人は松木だ。間違いない。皆川はそう確信した。

しかし、皆川は何のアクションも起こさなかった。捜査の方向は松木には向いていなかった。みさの兄、佐久間宏や、被害者たちの交友関係、学校関係者に向いていた。誰も、被害者の父親である松木には疑いのかけらすら持ってはいなかった。

そのとき、皆川の頭にある恐ろしい考えがひらめいた。このまま犯人がつかまらずに、殺人が起き続けたらどうだろう。見立て殺人は十人の犠牲者を必要としている。六番めの江島小雪まで順番が回るとしたら？

江島に金を払ったとしても、あのまま恐喝が終わるとは思っていなかった。いつどこで、彼女の口から横浜での事件のことが漏れるかしれたものではない。あの子をなんとかしなければならない。殺す？　だめだ。それはできない。あのスナックのマスター、坂口英次みたいな男ならともかく、江島のような少女を手にかけることは絶対にできない。でも、直接手を汚さずとも、彼女が死んでくれたら？　この連続殺人の犠牲者として。

しかし、松木が次の殺人を犯すとは限らない。というか、むしろ犯さない確率の方が高かった。彼は動機なき快楽犯ではなかったからだ。佐久間みさの口を封じて殺人は終わる。松木にとって、もう殺人を犯す必要がないのだから。だが、終わっては困るのだ。江島の所まで毒牙が届かなければならない。

皆川はあることを思いついた。それを思い付いたとき、さすがに自分で自分が怖くなるようなことを。

松木に殺人を続けるように仕向けることはできないだろうか？

皆川はそう思った。

それとなく、松木をそそのかすのだ。まず自分が彼を疑っているということをほのめかす。だが、捜査の方向は異常性格者による見立て殺人という見解に傾いている。だから、また見立てによる殺人が起きれば、自分の松木への疑いが晴れるのだが、という意味あいのことをそれとなくほのめかすのだ。アメとムチを使って、松木を罠に追い込むのだ。彼を坂道の上まで追い詰めて、あとは坂道を転がり落ちるしかないようにしてやれば、彼は殺人を犯し続けるようになる。

本の中でしか犯罪者の心理を知らない松木のようなインテリに較べれば、実際に何人もの人間を殺した凶悪犯を手掛けたことがある皆川は、大量殺人を犯す犯人の心理を実感として把握していた。彼らは最初から異常者というわけではないのだ。どこにでもいる平凡で、ときには気弱な人間であることが多い。だから、何かの弾みややむにやまれぬ動機で人を殺してしまったときは、人並に罪の意識に苦しみ、悩んでいる。

殺人をおぞましい恐ろしいことだと思っている。ところが、それが、繰り返されるうちに、「慣れてくる」のだという。そして、さらに行くと、「慣れ」を通り越して、「そうせざるをえない」、いわば「殺人依存症」とでもいうべき状態に陥ってしまうという。

麻薬やアルコールの作用とまったくおなじだった。

もし、松木をそういう状態にまで追い込むことができたら？

そして、皆川が密にたくらんだ通り、本当に四番めの犠牲者が出た。ところが、今度は松木には完璧なアリバイがあった。皆川はこれはどういうことかと戸惑ったが、この事件だけは派手な事件にはつきものの便乗犯によるものかもしれないと考えていた。

しかし、そうではなかったことに気が付いたのは、被害者宅に届いた手紙のことで、向坂典子のマンションをたずねたときだった。独身のはずの向坂の部屋に、妊婦が読むような本が置いてあった。向坂は慌てたように隠したが、皆川は妙だなと思った。向坂は妊娠しているのだろうか。しかも、こんな本を読んでいたところを見ると、子供を生む気らしい。それとなく向坂の身辺を探ってみたが、結婚相手らしき人物は浮かび上がってこない。そのとき、はっと思った。たぶん、向坂は周囲に関係を隠して交際を続けていた男の子供を生むつもりなのだ。それは一体誰か。皆川の頭に当然のことのように松木が浮かんだ。向坂は松木が助教授として勤めている大学の出身であり、松木の娘とも親しい。二人がつながる接点はあった。

向坂と松木の関係がわかれば、あとは、松木にアリバイのあった四ばんめの事件は、向坂の仕業だったという結論になる。

浅岡和子の件で、現場に残されていた煙草の吸い殻から、数学教師の高城の存在がクローズアップされてきたときも、これはたぶん高城に罪を着せようという、彼らの魂胆かもしれないと見抜いていた。しかし、それでも皆川は沈黙を守っていた。捜査陣の目が高城に集まり、そのすきに、松木たちが江島小雪を殺害してくれることを祈っていたからだ。

だから、江島が猟銃で狙撃されたと聞いたときには、とうとうたどり着いた、これでようやく長い苦しみから救われ、松木と向坂を逮捕できると思った。ところが皆川を打ちのめしたのは、次に入った情報だった。小雪が一命を取り留めたというのだ。手術は成功して回復に向かっていると聞かされたときには、絶望のあまり椅子から立ち上がる気力さえなくしていた。なんという皮肉だ。最後の土壇場でこんな結果になるとは。

もはや、皆川には道はひとつしか残されていない。江島小雪は金めあてではなかった。そのことがわかった以上、もう残された道は他にはなかった。

横浜の事件のことは誰にも知られてはならなかった。皆川が恐れていたのは、自分が犯罪者として逮捕されることではなかった。自分の身の破滅だけを恐れていたわけではなかったのだ。

皆川が何よりも恐れたのは、坂口というスナックのマスターを刺し殺した動機を知られることだった。あの動機だけは誰にも知られてはならない。自分のためにではなく、娘の夕美のために。

妻の幸子が鉄道事故で亡くなったあと、夕美は中学を卒業するのを待つようにして、家を飛び出した。丸一年近く、どこにいて、どんな暮らしをしているのか、なんの便りもなかった。それが、ある日、突然、便りがあった。皆川の家の郵便箱に奇妙な葉書が投函されたのだ。宛名だけ書かれた真っ白な葉書だった。なにも書かれていない。差出人の名前もなかった。ただ、横浜の住所だけが書かれている。皆川はすぐにそれが夕美からの便りだと直感した。

そして、その何も書かれていない葉書が、何かを必死に訴えているような気がした。真っ白な文面が、「お父さん、助けて」と悲鳴をあげている。夕美の身に何かが起こっている。助けてくれと言ってきたのだ。この葉書が届く前にも、何度か夜中に無言電話がかかってきたことを思い出した。そのときも夕美ではないかという気がしていた。

皆川はとるものもとりあえず、横浜に向かった。葉書の住所にたどりつくと、そこは港に近い、暗く薄汚れた感じのスナックだった。目をそむけたくなるようなどぎつい紫色のドアを開けて、店に一歩入っただけで、ただのスナックじゃないなとピンとくるような、饐《す》えた臭いが狭い店内にこもっていた。ここはアルコールや軽食だけを売っている店じゃない。皆川は直感的にそう感じた。

こんなところに夕美がいるとしたら、どんな生活をしているか、嫌でも想像できた。考えてみれば、中学を出たばかりの家出娘が、親類も知人もいない土地で、まともな職につけるわけがない。アパートひとつ借りるにしても、保証人というものが必要なのだ。そういったものがなくても勤まる仕事といったら、限られている。しかも、夕美のような若い娘が歓迎される仕事といったら、おおかたの想像がつくというものだ。

夕美はそこで住み込みの従業員として働いていた。髪を染め、疲れたような顔に厚化粧をして、黙々とサンドイッチを作ったり、水割りを作ったりしていた。しかし、従業員というのは表向きで、マスターの坂口という男の、叩けばいくらでも埃の出そうなキナ臭い様子といい、柄の悪そうな客筋から見ても、この店が本当は何を売っているのか、一見《いちげん》の客を装ってカウンターに座った瞬間、皆川にはピンときた。

皆川は生ぬるい水割りを一杯だけ飲むと店を出た。店の雰囲気からして、中で夕美と話すのはまずいと本能的に感じたからだ。そのかわりに、夕美が追い掛けてくる口実を作るために、わざとハンカチをカウンターに置いて出てきた。

夕美がすぐに追い掛けてきた。そして、何も言わず、ブラウスの袖を捲りあげて腕を見せた。街灯の明かりで、血管の浮き出た透き通るような細い腕に、いくつも紫色になった注射針の跡があるのを、皆川は言葉もなく、地の底にひきずりこまれるような思いで見ていた。

あの店を見、この腕を見れば、何も聞かなくても事情は飲み込めた。半ば予想していたことではあるが、簡単に連れ戻せそうもない、と皆川は咄嗟に判断した。夕美はたんなる従業員ではなく、あの店の大事な商品なのだ。その商品をあのマスターが黙って渡すわけがない。

その日はいったん家に戻った。それから、ナイフを持って、もう一度横浜を訪れた。店に電話をかけて、坂口を近くの倉庫裏に呼び出した。やってきた坂口をいきなり刺した。坂口はなぜ自分が刺されるのか理由も知らないままに死んでいったのだろう。

坂口が刺されたどさくさにまぎれて、夕美は手荷物も持たずに逃げてきた。同棲していた女が急にいなくなったことで、警察は一時は疑いを持ったようだが、坂口が刺されたときに、夕美は店にいたことが客によって証言されたので、それ以上追及の手はのびなかった。坂口が某暴力団と深いかかわりがあったことから、その方面でのトラブルによる事件だという風に、警察は取ったようだった。

もっとも、夕美は常連の客には嘘の身の上を語り、田中マリという偽名を使い、年も多めにさばを読んでいたので、たとえ行方をつきとめようとしても、皆川宗市の娘にたどりつくのは容易ではなかっただろう。

こうして、夕美はまた皆川と暮らすようになった。最初はぎこちなかったが、時の経過が少しずつ、互いの傷を癒《いや》し、互いの汚れを洗い流してくれた。夕美は一年遅れて高校に進学し、誰が見ても世間知らずの清純な女子高校生にしか見えなくなった。

そして、今、皆川の部下である加古滋彦という青年と結婚しようとしている。加古が夕美を気にいっているらしいことは、皆川も薄々気が付いていた。ただ、夕美は刑事を夫には選ばないだろうと思い込んでいたので、二人が相思相愛だったと知って、むしろそのことに驚いた。多少は驚いたが、反対する気はなかった。

むろん、夕美はあの悪夢のような一年のことを、加古には口が裂けても言わないだろう。それでいいのだ。絶対に言ってはならない。あの事実に耐えられる男などいないのだから。加古は夕美に恋はしているが、まだ愛してはいない。夕美というスクリーンの上に投影した自分の幻想を見て、それに酔っているだけだ。真っ白に見えるスクリーンにも、色や物語が既に刻みこまれているのだということをまだ知らない。

恋は、しかける側の得て勝手な幻想だけで成り立つが、愛は違う。愛はその幻想から覚めたときから始まるのだ。加古はまだそこまでいっていない。皆川夕美というスクリーンそのものを見てはいない。もし、あの一年間のことを知れば、夕美の上に見たがっていた幻想はシャボン玉よりも脆《もろ》く壊れて、間違いなく、彼は夕美から離れていくだろう。加古だけじゃない。どんな男でも、同じ結果になるはずだ。そんなことがあってはならない。自分が生きている間は絶対に。

皆川はそう決心していた。

夕美は皆川が坂口を刺したことを知らない。いまだに坂口は組関係者にやられたのだと思っている。だから、あの事件の真相を知っているのは、江島小雪と自分だけだ。江島小雪の口をふさぐことができたら、あのことは永遠に闇に葬《ほうむ》ることができると思った。しかし、皆川にはもう小雪の口をふさぐことはできない。としたら、残された道はひとつしかなかった。自分があることを決意しさえすればそれはできる。江島小雪が暗黙のうちに望んだあることを今夜にでも決行すれば。

夕美のそばに一生ついていてやることはできない。しかし、一生ついていてくれそうな男を与えてやることはできる。そのためには、夕美が忘れたがっている一年を奇麗に消してやらなければならない。自分という消しゴムを使って。

皆川は歩きながら、歩いても歩いても家にたどり着けないような心細さを感じていた。子供の頃、こんな夢を見たことがある。長い一本道を独りで歩いていた。日が暮れ、あたりが刻々と闇に包まれはじめても、家の明かりは見えてこない。闇のなかを家の明かりだけを求めてさまよい続けた。闇はいよいよ濃さを増し、明かりは見えない。無明の闇に迷って、泣きながら目を覚まし、それが夢だったことを知って安堵した。

でもこれは夢ではない。泣きながら目を覚ますこともない。家の明かりはやがて見えてくる。いつものように。この角を曲がって、もう少し行けば。

家の明かりはすぐそこだ。

ほらもうすぐ――

6

八月一日。土曜日。ある大手新聞の夕刊にこんな記事が載っていた。

警部、ピストル自殺

七月三十一日、午後九時半頃、練馬区××の皆川宗市さん（四十六）宅で、帰宅した娘の夕美さん（十九）が、奥の六畳間で、宗市さんがピストルで右こめかみを撃ち抜いて死んでいるのを発見した。

宗市さんは、警視庁大塚署に勤務する警部で、遺書等は見付かっていないが、現場の状況から見て自殺と思われる。動機については目下捜査中である。

X　そして誰もいなくなった

八月三十一日。月曜日。

居間のソファに寝そべって本を読んでいた高城康之は、軒に吊した風鈴の音に、ふと目をあげて外を眺めた。

残暑の日差しは容赦なく照りつけ、降るような油蟬の鳴き声も相変わらずだったが、首筋を撫でていく風に、ひやりとした秋の気配を感じた。

明日から学校か。

大きく伸びをしながら高城は思った。

去年の今頃は、なんとなくうんざりしながら思ったことを、今年は、なぜか、はじめて学校にあがる子供のような浮き浮きした気持ちで思った。

それにしても、今年の夏はまるで一生分の刺激と興奮を味わい尽くしてしまったような夏だった。それまで浸かりきっていたぬるま湯からつまみ出されて、煮えたぎる熱湯の中に頭からザンブリと浸けられたような。

西田エリカの毒死を皮きりにはじまった一連の事件に最後のピリオドを打つように、

一月前に起こった皆川宗市のピストル自殺。——皆川警部の自殺の動機は、結局、判然としなかったが、同居していた娘の話だと、人一倍真面目で責任感の強い性格だった皆川は、今度の事件で、警官としての責務を果せず、多くの犠牲者を出してしまったことを、以前から苦にしており、被害者の一人を見舞ったあとということも手伝って、発作的に自殺を図ったのではないかということだった。

高城も、最後に会ったときの皆川のどことなく疲れた表情を思い出して、そんな気がした。

思えば、自分の周りにいた人が何人いなくなったことか。

明日、学校へ行っても、向坂典子のすがすがしい若木のような姿をもう見ることはできないのだと思うと、秋の風が胸のなかにも吹き抜けるような気がした。向坂にはずいぶんひどいことをされたが、不思議と憎む気にはなれなかった。過ぎてみれば、彼女もまた犠牲者の一人だったという気がする。

しかし、猛威を揮った台風がようやく通り過ぎたあとには、必ず、底抜けに澄み渡った青空が現れるのだ。何もかもが終わっても、必ず、そこから何かがまた始まるのである。

高城自身、このひと夏で、自分が生まれ変わったような気がしていた。古い自分が死んで、新しい自分が生まれたような。もう一度、新任のときみたいな新鮮な気持ちで教壇に立てそうな予感があった。

そして、彼が見回す日に焼けた顔のなかに、彼女の顔がある。

「今日も暑いですねえ」

表にオートバイの停まる音がして、そんな声がした。庭に植えたトマトの世話をしていた母が、郵便局の配達員に話しかけているらしい。

オートバイの走り去る音。しばらくして、頭に手拭を巻いたままの母が白い封書を持って居間に入ってきた。

「おまえに手紙が来たよ」

高城はソファから起き上がった。手紙？

「珍しい。差出人は女名だよ。こりゃ明日は大雨だ。今のうちに布団を干しておこう」

母はそんな憎まれ口をたたきながら居間を出ていった。

封筒の裏を返すと、江島小雪とあった。小雪から？　どういうことだろう。なぜ今ごろ手紙なんか。明日、学校へ行けば会えるのに。ふと嫌な予感にとらわれて、高城はソファにあぐらをかくと、鋏《はさみ》を使わずに、封を破った。

前略。

高城先生。お元気ですか。

突然のお便りを差し上げることをお許しください。もうすぐ学校がはじまるのに、手紙なんかよこしてと不思議に思ってらっしゃるかもしれませんね。

実は、お手紙を差し上げたのは、もう学校ではお目にかかることはないと思ったからです。

というのは、急な話ですが、私、来月からニューヨークにいる父と暮らすことになったのです。明日、日本をたちます。天川を卒業したら、こちらの大学へ行くつもりでいたのですが、大きな心境の変化があって、急に日本を離れて暮らしたくなりました。

祖父母からはせめて高校を卒業してからにしろと説得されましたが、私の決心は変わりません。高校を卒業するのを待っていては遅いのです。今でないと駄目なのです。

そんな風に思いたったのには理由があります。黙ってたつもりでしたが、先生にだけは少しお話ししておきたいと思って筆を執りました。

今度の事件のことです。あの事件は犯人が死んで、解決したことになっていますが、実は、あの事件の裏には、誰も知らない――私とある人を除いては――もうひとつの真実があったのです。しかし、そのことについては、私は何も語ることができません。それは、ある人の死をきっかけに、私が一生守らなければならない秘密になりました。その人は自らの命と引き換えに、私の口を永遠に封じてしまったのです。こう書けば、先生のことだから、そのある人とは誰か、おおかたの察しがつくのではありませんか。

もったいぶるわけではないけれど、私にはここまでしか書けません。それに、私にしても、全部のことを知っているわけではないのです。すべてを知っていたはずのその人は結局、肝心なことは何も話さずにこの世からいなくなってしまったからです。ただ、ひとつだけ、こう申し上げておきます。あの事件には、実は、まだ裁かれていない真犯人がいたのだと。

こんな書きかたをするとさぞ驚かれるでしょうね。もっとも、真犯人といっても、直接に手を下したという意味ではありません。だから、たとえそれが誰であるかわかっても、法では裁けないのです。しかし、彼女のある行為——その真犯人とは女です——が、あの一連の大量殺人を生んだのだと言っても言い過ぎではないのです。だから、彼女は手こそ下してはいませんが、あの事件の真犯人だったといえるのです。

彼女は西田エリカの事件のあった夜、ある人物のところに一本の電話をかけました。恐喝の電話でした。ただ、恐喝といっても、彼女としては金めあてではなく、彼女なりの正義感と気まぐれ（もっと正確に書くと、三十パーセントの正義感と七十パーセントの気まぐれ）からしたことではありましたが。

その一本の電話が、本来ならあれほどの犠牲者を出すことなく解決していたはずの事件を徒《いたずら》に長引かせ、犯人を含めて多くの人の命を奪う結果になったのです。もし、彼女があんな電話をかけなければ、たぶん、西田エリカと松木晴美の事件は避けられなかったにしても、そのあとの殺人は避けることができたかもしれません。

だから、彼女が真犯人といってもよいのです。しかし、彼女を法で裁くことはできません。彼女の犯した罪は彼女自身が自らの手で裁くしかないのです。

もうおわかりですよね。彼女とは誰のことか。私なんです。これが私が高校の卒業を目前にして、ニューヨークに行くことを決めた理由です。私にはどうやって、自分を裁いていいのかわかりません。ただ一発の弾丸で解決するような方法（これはただの比喩ですから、あまり考えすぎないように）だけは取りたくありません。それに、私は一度撃たれて死んだ身です。生まれ変わった身です。せっかく取り戻した命を自分から捨てることはできません。沢山の犠牲者の中で、私だけが生き残ったのは、どんなことがあっても生きていけという天からのメッセージなのかもしれません。

それで、考えた末、私は、私が犯した罪を一生背負うという方を選びました。とりあえず、何食わぬ顔で学校へ通い、高校を無事に卒業するという無難な道を放棄しようと決めました。

いくら向こうに父がいるからといって、海外での生活はけっして楽ではないと思っています。私の英会話の能力はおそまつなものですから。それに、父はすでに向こうの人と再婚して、子供もでき、父は父だけの家庭を持っています。だから、私は、父の家庭にホームステイするような形になるのです。いわば他人の中で暮らすのです。多少は楽しいこともあると思いますが、困難なことの方が多いような気がします。

この選択は馬鹿げているかもしれません。いつか、私はこんな道を選んだことを若気のいたり（は！）と後悔するかもしれません。それでも、それがわかっていながら、というか、わかっているからこそ、やらないわけにはいかないのです。

これが私が私にあたえる罰のはじまりなのですから。

もし、この選択が間違っていると気付いたら、それは消して、また最初からやり直します。やり直した選択も間違っていたと気付いたら、また全部消して、最初に戻ってやり直します。

これが私の生き方です。

どうです。なかなかタフでしょう？

ジンセイとは永遠にあがることのない双六《すごろく》みたいなものである。

タフでなければ生きてはいけない。

なあんちゃって。

ところで、いつかの私の数学の答案をおぼえていますか。答えが間違っていたにもかかわらず、独断と偏見で先生が最高点をつけてくれた、あの答案です。私のこれからの人生は、たぶん、失敗とやり直しの連続で、あの答案のようにボロボロになるでしょう。けっして、真っ白な奇麗なものにはならないでしょう。何もしなければ、祖父母の敷いてくれたレールにのって、何不自由のない奇麗で真っ白な人生が送れるのかもしれませんが。

もしかしたら、こんな馬鹿なことをして、私が最後に出す答えは、高層ビルの最上階から飛び下りるなんて悲惨なものかもしれませんね。

ははは。

笑いごとではありません。

世の中、けっして甘くはありませんから、そうなる可能性もおおいにあります。

でも、たとえ、どんなに汚くボロボロになっても、おまけに最後に出した答えが間違っていても、先生なら、そんな答案にまた最高点をつけてくれるのではないでしょうか。

私はそう信じて生きていきます。

それでは、いつか、どこかで再び巡り会う日まで。

つかの間のさようならを言います。

高城先生。

江島小雪

参考文献
『そして誰もいなくなった』
アガサ・クリスティー著、清水俊二訳　ハヤカワ文庫

文庫版　新あとがき

本作は一九九六年十一月に文庫化されましたが、その後、再版されることもなく、十年以上も地下に潜っておりました。それが、どういうわけか、また陽の目を見る羽目になりました。また、すぐに潜るとは思いますが……。

さて、幾つか気になる点について書いておきます。

まず、目次ですが、これは「私の」文章ではありません。出典は、ハヤカワ文庫の『そして誰もいなくなった』（アガサ・クリスティー著、清水俊二訳）の36ページから37ページまでの「子守唄」から清水俊二氏の翻訳文を部分的に抜粋して引用したものです。

ところで、少し話がはずれますが、最近、インターネット上で、「無断引用禁止」と書いている人が時々おられますが、これは、おかしいです。「無断転載禁止」（丸ごとパクルなの意）ならわかるのですが、「引用」は、著作権法的には、ある一定の条件さえ守れば「無断」でできるものです。その条件と言うのは……ま、ご自分で調べてください。

話は戻って、気になるのがもう一つ。青酸カリ溶液を注射されても死なないそうです。これは、文庫初版のあとがきで恥をさらして書きました。死なないからといって、よい子の皆さんは決して真似をしないでください。

そして、最後になりますが、「本歌取り（オマージュ、リスペクト、ヨイショともいう）」なる「手法」について。

「本歌取り」というのは、広辞苑的な意味では、「和歌や連歌で意識的に先人の作の用語や語句を取り入れて作ること」です。くだけた言い方をすれば、「先人の作をちょいちょいパクリながら新しい（ように見える）モノを作ること」です。くだけすぎました？

ミステリーの世界では、しばしばこの手法が使われてきました。私は、この手法を「遊び心の一種」と肯定的に受け入れていたのですが、この考えは、大幅に改めました。理由は多々ありますが、一つは、やはり、「著作権」の問題です。「本歌取り」と言うのは、「本歌」を知っている者たちが、それを前提にしてやる遊びであって、いちいち「元ネタの引用元」を書いていたら、野暮すぎてお話になりません。かといって、それを明記しておかないと、著作権侵害になりかねません。

下手なやり方をすれば、「本歌取り」ならぬ「本歌盗り」になってしまいます。デジタル技術の普及で、著作物のコピーが誰でも手軽にできるようになると、必然的に、「著作権保護」対策も強化されます。そんな時代には、「遊び心」などというヌルイ考えは通用しなくなってしまったのでしょう。

そういうわけで、本作以降は、こうした「本歌取り」は一切やっておりません。その代わりに、著作権の完全に消滅した古今東西の古典や神話民話をモチーフにしたりはしていますが。

なお、一言お断りしておきますが、本作の後に書いた『ルームメイト』も「某映画の本歌取り」ではありません。その関係で、文庫初版の解説は二版以降は、「削除」させて貰いました。私の方は「部分的な訂正」をお願いしただけなのですが、なにゆえか、「解説」ごと消えてしまいました。解説者の名前だけが、目次に亡霊のごとく残っている版もあるようですが、単なる消し忘れで、落丁ではありませんので、気にしないでください。

二〇一〇年三月吉日　　　　今邑　彩

『そして誰もいなくなる』　一九九三年八月　C★NOVELS（中央公論社）

中公文庫

そして誰《だれ》もいなくなる

1996年11月18日　初版発行
2010年４月25日　改版発行
2010年９月25日　改版４刷発行

著　者　今邑《いまむら》　彩《あや》

発行者　浅海　保

発行所　中央公論新社
〒104-8320　東京都中央区京橋2-8-7
電話　販売 03-3563-1431　編集 03-3563-3692
URL http://www.chuko.co.jp/

印　刷　三晃印刷

製　本　小泉製本

Published by CHUOKORON-SHINSHA, INC.
Printed in Japan　ISBN978-4-12-205261-1 C1193

定価はカバーに表示してあります。
落丁本・乱丁本はお手数ですが小社販売部宛お送り下さい。
送料小社負担にてお取り替えいたします。

書籍コード	タイトル	サブタイトル	著者	内容紹介	ISBN
こ-24-3	やさしい夜の殺意		小池真理子	十三年ぶりに再会した兄。美しい妻といとなむ幸福な家庭には、じつは恐ろしい疑惑と死の匂いが…。サスペンス・ミステリー五篇。〈解説〉新津きよみ	202047-4
こ-24-4	唐沢家の四本の百合		小池真理子	洒落者の義父をもつ三人の嫁、血のつながらない娘。雪の降りしきる別荘で集う四人のもとに届いた一通の速達が意味するものは…。〈解説〉郷原宏	202416-8
こ-24-5	贅肉		小池真理子	母の死と失恋によって異常な食欲の虜となった姉。かつての美貌は見る影もなくなった。私が抱くのは憐憫？ 殺意！？ サスペンス五篇。〈解説〉朝山実	202797-8
こ-24-7	エリカ		小池真理子	急逝した親友の不倫相手と飲んだのをきっかけに、エリカは、彼との恋愛にのめりこんでいく。逢瀬を重ねていった先には何が……。現代の愛の不毛に迫る長篇。	204958-1
あ-10-8	迷子の眠り姫		赤川次郎	川に突き落とされた16歳の里加が蘇ると、不思議な力が備わっていた。家族の秘密も、友達の危機も、そして迫る殺人犯の魔の手も、不思議な力で解決します！	204323-7
と-25-15	蝕罪	警視庁失踪課・高城賢吾	堂場瞬一	警視庁に新設された失踪事案を専門に取り扱う部署・失踪課。実態はお荷物署員を集めた〈窓際部署〉だった。そこにアル中の刑事が配属される。〈解説〉香山二三郎	205116-4
と-25-16	相剋	警視庁失踪課・高城賢吾	堂場瞬一	「友人が消えた」と中学生から捜索願が出される。親族以外からの訴えは受理できない。その真剣な様子にただならぬものを感じた高城は、捜査に乗り出す。	205138-6
と-25-17	邂逅	警視庁失踪課・高城賢吾	堂場瞬一	大学職員の失踪事件が起きる。心臓に爆弾を抱えながら鬼気迫る働きを見せる法月。その身をすりつつも捜査を続ける高城たちだった。シリーズ第3弾。	205188-1

各書目の下段の数字はISBNコードです。978－4－12が省略してあります。

と-25-19
漂泊 警視庁失踪課・高城賢吾 堂場瞬一
ビル火災に巻き込まれ負傷した明神。鎮火後の現場からは身元不明の二遺体が出た。傷ついた仲間のため、高城は被害者の身元を洗う決意をする。第四弾。
205278-9

と-25-7
標《しるべ》なき道 堂場瞬一
「勝ち方を知らない」ランナー・青山に男が提案したのは、ドーピング。新薬を巡り、三人の思惑が錯綜する――レースに全てを懸けた男たちの青春ミステリー。〈解説〉井家上隆幸
204764-8

と-25-10
焔《ほのお》 The Flame 堂場瞬一
大リーグを目指す無冠の強打者と、背後で暗躍する代理人。ペナントレース最終盤の二週間を追う、緊迫の野球サスペンス。〈解説〉芝山幹郎
204911-6

と-25-14
神の領域 検事・城戸南 堂場瞬一
横浜地検の本部係検事・城戸南は、ある殺人事件の真相を追ううちに、陸上競技界全体を蔽う巨大な闇に直面する。あの「鳴沢了」も一目置いた検事の事件簿。
205057-0

と-25-18
約束の河 堂場瞬一
法律事務所長・北見は、ドラッグ依存症の入院療養から戻ったその日、幼馴染みの作家が謎の死を遂げたことを知る。記憶が欠落した二ヵ月前に何が起きたのか。
205223-9

ほ-17-1
ジウⅠ 警視庁特殊犯捜査係 誉田哲也
都内で人質籠城事件が発生、警視庁の捜査一課特殊犯捜査係〈SIT〉も出動するが、それは巨大な事件の序章に過ぎなかった！ 警察小説に新たなる二人のヒロイン誕生!!
205082-2

ほ-17-2
ジウⅡ 警視庁特殊急襲部隊 誉田哲也
誘拐事件は解決したかに見えたが、依然として黒幕・ジウの正体は摑めない。捜査本部で事件を追う美咲。一方、特進をはたした基子の前には謎の男が！ シリーズ第二弾
205106-5

ほ-17-3
ジウⅢ 新世界秩序 誉田哲也
〈新世界秩序〉を唱えるミヤジと象徴の如く佇むジウ。彼らの狙いは何なのか？ ジウを追う美咲と東は、想像を絶する基子の姿を目撃し……!? シリーズ完結篇。
205118-8